KB009131

© Sébastien LEBAN / Leextra / Éditions Belfond

더글라스 케네디 Douglas Kennedy

전 세계적 베스트셀러 작가다. 미국 뉴욕에서 태어났고 현재는 런던, 파리, 베를린, 몰타 섬을 오가며 살고 있다. 조국인 미국에 대해 비판적인 시각을 견지하고 있는 작가로 유명하며 유럽, 특히 프랑스에서 폭발적인 인기를 자랑한다. 프랑스문화원으로부터 문화공로훈장을 받았고, 2009년에는 프랑스의 〈르 피가로〉지에서 주는 그랑프리상을 받았다.

한때 극단을 운영하며 직접 희곡을 쓰기도 했고, 이야기체의 여행 책자를 쓰다가 소설 집필을 시작했다. 오스트레일리아의 오지부터 시작해 파타고니아, 서사모아, 베트남, 이집트, 인도네시아 등 세계 50여 개국을 여행했다. 풍부한 여행 경험이 작가적 바탕이 되었다고 해도 과언이 아니다.

2019년에는 일러스트레이터 조안 스파르와 합작한 '오로르 시리즈'의 첫 책 《오로르》를 선보였다. 현명하면서도 순수한 열한 살 오로르를 주인공으로 한 이 책은, 이전 작품들과 전혀 다른 듯하면서도 특유의 스타일이 듬뿍 담겨 있다. '아이들의 통찰력을 보여주는 아름다운 소설'이라는 평단의 호평과 함께 독자들의 열렬한 사랑을 받았다.

주요 작품으로 《오로르》 《빅 픽처》 《고 온》 《데드 하트》 《픽업》 《비트레이얼》 《빅 퀘스천》 《스테이트 오브 더 유니언》 《파이브 데이즈》 《더 잡》 《리빙 더 월드》 《템테이션》 《행복의 추구》 《파리5구의 여인》 《모멘트》 《위험한 관계》 등이 있다.

옮긴이 조동섭

서울대 언론정보학과를 졸업하고, 〈이매진〉 수석기자, 〈야후 스타일〉 편집장, 〈TTL 매거진〉 편집 고문을 지냈으며, 현재 번역가와 자유 기고가로 활동하고 있다. 옮긴 책으로 《오로르》 《빅 픽처》 《고 온》 《데드하트》 《픽업》 《비트레이얼》 《빅 퀘스천》 《스테이트 오브 더 유니언》 《파이브 데이즈》 《더 잡》 《템테이션》 《파리5구의 여인》 《모멘트》 《파리에 간 고양이》 《프로방스에 간 고양이》 《마술사 카터, 악마를 이기다》 《브로크백 마운틴》 《돌아온 피터팬》 《순결한 할리우드》 《가위 들고 달리기》 《거장의 노트를 훔치다》 《일상 예술화 전략》 《매일매일 아티스트》 《아웃사이더 예찬》 《심플 플랜》 《시간이 멈춰선 파리의 고서점》 《스피벳》 《보트》 《싱글맨》 《정키》 《퀴어》 등이 있다.

AURORE AND THE MYSTERY OF THE SECRET ROOM

DOUGLAS KENNEDY

JOANN SFAR

모두와 친구가 되고 싶은 오로르

초판1쇄 발행일 2021년 1월 25일 | **초판5쇄 발행일** 2023년 4월 19일

글 더글라스 케네디 | **그림** 조안 스파르 | **옮긴이** 조동섭 | **펴낸이** 김석원 | **펴낸곳** 도서출판 밝은세상

출판등록 1990. 10. 5 (제 10 – 427호) | **주 소** (10881) 경기도 파주시 문발로 119, 202호

전 화 031–955–8101 | **팩 스** 031–955–8110 | **메일** wsesang@hanmail.net

블로그 blog.naver.com/balgunsesang8101 | **인스타그램** www.instagram.com/wsesang

ISBN 978-89-8437-419-5 (03840) | **값** 17,000원 | 잘못된 책은 구입한 곳에서 교환해드립니다.

모두와 친구가 되고 싶은
오로르

더글라스 케네디 글

조안 스파르 그림

조동섭 옮김

밝은세상

★

진짜 학교! 어제부터 난 학교에 다닌다!

진짜 학교에 다니는 건 처음 경험해 보는 일이다!

이틀밖에 안 됐지만 학교가 좋다.

엄마 아빠는 내가 학교에 잘 적응하지 못하면 어쩌나 하고 걱정했다. 하지만 전부 다 잘되고 있다.

카마일라르 담임 선생님도 정말 좋다.

수학도 정말 좋다.

하늘에서 빅뱅이 일어나 세상이 만들어진 것도 배우고, 콰지모도가 주인공인 유명한 이야기도 읽었다. 사람들은 등에 큰 혹이 있는 콰지모도를 이상하게 여겼지만, 콰지모도는 노트르담 탑에 갇힌 여자를 구했다.

학교에 다닌 지 이틀째

모르는 것도 있고, 아는 것도 있어.

발표도 공부도 정말 좋아!

스스로가 보는 자기 모습?

발을 꼼지락

손을 꼼지락

세상은 하늘에서 '쿵' 하는 커다란 소리로 시작되었대!

책상 위에는 나의 연필, 볼펜, 공책과 교과서.

책상도 정말 좋다. 내 책상은 교실 맨 앞줄에 있다. 책상 위에는 펜과 연필, 공책, 교과서를 잘 정리해 놓았다. 교실 책상은 윗부분을 열 수 있다. 첫 미술 시간에 선생님은 책상 안쪽에 붙일 그림을 그리라고 했다. 자기한테 중요한 상징이나 이미지를 그리랬다. 그런 상징이나 이미지는 스스로가 보는 자기 모습이겠지.

당연히 나는 아주 커다란 별을 그렸다!

미술 선생님은 모두 그림을 높이 쳐들고 왜 그런 그림을 그렸는지 한 사람씩 설명하라고 했다.

내가 말했다.

"내가 별을 그린 건 내 이름이 오로르이기 때문이야! 오로르는 그리스 여신인데, 아침에 해를 들어 올려. 오로라 보레알리스라는 유명한 성운에서 딴 이름이기도 해. 오로라 보레알리스는 '북쪽의 빛들'이라는 뜻이야! 북극으로 올라가야 볼 수 있는 성운이야. 나는 북극에 꼭 갈 거야. 개 썰매를 타고 달리면서 나랑 이름이 같은 별들을 올려다보고 싶어!"

미술 선생님은 내 그림이 정말 좋다고 했다. 내가 별과 고대 전설을 잘 아는 것도 좋다고 했다. 그래서 나는 앞 시간에 배운 콰지모도 이야기도 이미 다 알고 있다고 말했다. 나는 **괴물 나라**에서 콰지모도를 만났다고! 유명한 프랑스 작가 라블레가 만든 팡타그뤼엘이라는 거인이랑 친해지기도 했다고, 그리고……

미술 선생님은 '아주 흥미로운 이야기'를 들려줘서 고맙다고 했다. 내가 자리에 앉자 자클린느가 나한테 미소를 보냈다. 자클린느는 내 옆자리에 앉은 아이다. 처음 인사했을 때에 자기는 셀이

라는 개랑 푸아브르라는 고양이를 키운다고 말했다. 자클린느는
나를 보며 웃었지만, 나는 그 눈에서 생각을 읽을 수 있었다.

'오로르는 아는 게 너무 많네! 얘 때문에 내가 한심해 보여.'

나는 자클린느한테 말하고 싶었다. '누가 자기를 한심하다고 느
끼게 만들 생각은 전혀 없었어. 너도 정말 재미있고 호기심 넘치
는 아이로 보여. 나는 너랑 친해지고 싶어.'

그렇지만 내가 자기 생각을 읽은 걸 알면, 자클린느가 다른 아
이들한테 내 신비한 능력을 말할지도 모른다.

그래서 나는 미소를 보내며 태블릿에 썼다.

"수업 끝나고 우리 집에 놀러 와. 언제라도 좋아. 같이 놀자!"

자클린느가 말했다. "그래, 그래. 아주 좋아."

그렇지만 내 눈에는 자클린느의 생각이 보였다. '쟤랑 뭘 하면
서 놀 수 있겠어?'

나는 말하고 싶었다. '놀 수 있어! 나는 그렇게 다르지 않아. 같
이 재밌게 놀 수 있어.'

미술 시간이 끝났다. 모두가 학교 식당으로 점심을 먹으러 갔다.
나는 식당에서 에밀리 언니와 같이 앉고 싶었다. 하지만 언니는 나
를 보자 다른 데로 가라고 눈짓했다. 언니 옆에 마티유가 있었기 때
문이다. 마티유는 언니와 같은 반이고, 인기가 많다. 언니는 마티유
와 단둘이 있고 싶은 게 분명했다. 조지안느 선생님도 눈치챘다.
조지안느 선생님은 뒤에서 내 어깨를 톡톡 치고 귓속말을 했다.

"언니는 친구랑 있게 두자."

수업 끝나고 우리 집에 놀러 와. 같이 놀자!

에밀리 언니는 마티유 옆에 앉아 있었다.

나는 조지안느 선생님이랑 식당 구석에서 함께 점심을 먹었다.

그래서 선생님을 따라 구석 자리로 가서 선생님이랑 점심을 먹었다. 조지안느 선생님은 학교 선생님이 아니라, 나만 가르치는 특별한 선생님이다. 그리고 항상 내 뒤에서 '너는 지금 세상을 살아갈 너만의 길을 잘 찾아가고 있어.'라고 힘을 준다.

조지안느 선생님이 말했다. "미술 시간에 말을 아주 많이 하더라."

"내가 관심 있는 것들에 대해 얘기하는 게 정말 좋아요."

"미술 선생님도 감명받은 것 같아."

"그거 좋네요!"

내 눈에는 선생님의 생각이 보였다. '더 말해야 할까? 아니면 그냥 지켜봐야 할까?'

내가 물었다. "걱정되는 게 있어요? 제가 학교에서 잘하고 있는 거 맞죠?"

선생님이 말했다. "아주 잘하고 있어. 이틀밖에 안 됐는데 벌써 이렇게 잘하다니!"

"네. 친구도 금방 생길 거예요!"

"그것도 아주 좋지."

더 좋은 일이 생겼다. 점심을 먹고 교실로 돌아가자 책상 위에 편지 봉투가 놓여 있었다. 봉투에 별 그림도 많았다! 큰 별, 작은 별, 예쁘게 그린 별, 우습고 이상하게 대충 그린 별 등등. 온갖 별들 가운데에 글자가 있었다.

슈퍼스타 오론에게!

'정말 멋져! 게다가 별들이 모두 다르게 그려진 걸 보면, 우리 반 아이들이 점심시간에 나를 위해서 이 예쁜 봉투를 만들었나 봐. 나한테 환영 인사를 하려고!'

얼굴 가득 환한 미소가 떠올랐다. 내가 편지 봉투를 확인하는 사이에 주위에 있던 예닐곱 명이 나를 지켜보는 게 보였다.

한 아이가 말했다. "얼른 열어 봐."

나는 또 미소를 지으며 봉투를 돌려서 열고, 안에 든 종이를 꺼 냈다. 누가 썼는지 모르지만 시간이 꽤 들었을 것 같았다. 아주 예쁜 손글씨였다.

오르르, 우리 반에 잘 왔어!

내 미소는 더 커졌다. 하지만 다음 줄을 읽자 미소가 사라졌다.

잘난 체 그만하지 그래? 수업 시간에 설명하는 것도 그만둬. 넌 왜 그렇게 유별나?

넌 왜 그렇게 유별나?

★

학교!

나는 학교에 다니게 돼서 정말 들떴다!

나처럼 열한 살에 처음 학교를 다니기 시작하는 아이는 많지 않다. 그렇지만 신비한 능력을 지닌 열한 살짜리 아이도 별로 없다! 대부분은 다른 사람의 머릿속을 보지 못한다. 다른 사람들의 생각을, 입 밖에 내지 못하는 혼자만의 생각을, 몰래 두려워하는 것을, 마음속 비밀로 간직하며 꿈꾸는 것들을 읽지 못한다.

그리고 열한 살짜리 아이들 대부분은 나처럼 태블릿으로 말하지 않는다! 아빠는 나처럼 빨리 글을 쓰는 사람을 본 적이 없다고 했다. 게다가 글 쓰는 일이라면 우리 아빠가 전문가다. 직업이 작가니까. 그런데도 아빠는 나한테 종종 말한다. "나도 너처럼 빨리 글을 쓸 수 있으면 정말 좋겠어."

조지안느 선생님은 내가 다른 사람들처럼 말하게 되기를 바란다. 내가 다른 사람들처럼 입으로 소리 내서 말하지 못한다는 진단을 받았을 때, 나한테 태블릿으로 말하는 법을 가르쳐 준 사람이 조지안느 선생님이다. 남들과 다르게 세상을 보고, 말을 하지 못하는 자폐증 때문에 나는 다른 사람과 다르지만, 그게 나쁜 건 아니라고 말한 사람도 조지안느 선생님이다.

학교에 처음 가기 전날, 선생님이 말했다. "남들과 다른 건 멋진 일이야. 게다가 신비한 능력까지 있으면 더 멋지지."

조지안느 선생님은 내 신비한 능력을 알고 있다. 그걸 아는 사람은 조지안느 선생님과 몇몇 형사 동료들뿐이다. 경찰서에서는 한동안 연락이 없었다. 내가 주베 형사의 부관이 된 뒤로 말이다. 그래도 나는 최근에 주베 형사한테 메시지를 보냈다. 학교에 다니게 됐지만 해결할 새로운 사건이 있으면 좋겠다고 썼다. 주베 형사는 곧장 답장을 보냈다. 몇 달이 지났어도 나를 잊지는 않았으며('널 어떻게 잊겠니!'), 다른 사람들처럼 자기도 8월 내내 휴가였고, 내 도움이 필요하면 곧바로 연락하겠다고 했다. 그리고 답장에는 이런 말도 있었다. '내 부관이 진짜 학교에 다니기 시작한 걸 축하해! 언제라도 경찰서에 들러. 다른 형사들도 오로르가 보고 싶대. 그리고 걱정하지 마. 곧 누가 사고를 치거나 사건을 일으키겠지. 그러면 곧장 오로르한테 도움을 청할게. 그 신비한 능력으로 우리를 도울 때가 금방 올 거야.'

조지안느 선생님은 앞으로 몇 달 동안 나랑 같이 학교에 다닌다.

선생님이 말했다. "내가 그림자처럼 따라다닐게. 네가 새로운 세상에 적응하게 돕고, 수업받는 것도 돕고, 좋은 애들이랑 어울리는지 지켜볼게."

나는 태블릿에 썼다. "누구하고나 다 친하면 안 돼요? 항상 전부 다 친하게 지냈는데."

"학교는 조금 달라. 너도 다녀 보면 알아."

나는 선생님의 눈에서 생각을 읽을 수 있었다.

'학교에서 애들이 얼마나 잔인할 수 있는지 미리 말해서 오로르를 걱정시키기는 싫어.'

내가 선생님한테 말했다. "저를 보호하지 않으셔도 돼요. 에밀리 언니를 괴롭히고 루시 언니를 **괴물 나라**에서 사라지게 했던 잔혹이들을 제가 어떻게 했는지 아시죠? 그 덕분에 제가 주베 형사님의 부관이 됐잖아요. 그러니까 학교에서 아이들이 얼마나 잔인할 수 있는지 저는 다 알아요. 엄마 아빠가 그러는데, 그런 못된 애들은 몇 명뿐이래요. 저는 학교에서 친구를 많이 사귈 거예요."

선생님이 말했다. "진짜 좋은 친구 한 명을 만나는 것도 대단한 일이야."

나는 '아주 멋진 친구라면 벌써 한 명 있어요. 이름은 오브예요. 언제든지 오브를 만나러 갈 수 있어요. 태블릿에 있는 별을 보면서 '참깨!'라고 주문을 외우면 돼요.'라고 쓰려다가 말았다.

나는 **참깨 세상**에 있으면서 동시에 **힘든 세상**(이곳은 **참깨 세상**이랑 다르게 모든 사람들이 문제를 안고 살아간다)에도 있을 수 있지만, 그건 아무도 모르는 비밀이다. 그런 비밀 장소는 누구한테나 있다. 내가 아는 어른들은 모두 각자의 **참깨 세상**, 다시 말하면 나쁜 일에서 완전히 벗어나 숨을 수 있는 곳을 알고 있다. 조지안느 선생님은 종종 파리 무용단원이 되어서 세계를 여행하며 사람들로 가득한 공연장에서 공연을 펼치는 광경을 상상한다.

조지안느 선생님의 비밀 장소를 내가 다 알고 있는 건 선생님의 눈에서 생각을 읽었기 때문만은 아니다. 지난 주말에 선생님이 혼자 파리에 다녀온 이야기를 들었기 때문이다. 조지안느 선생님이 나의 선생님이 되기 전에 함께했던 무용단 친구들을 만났다고 했다. 그런데 그 얘길 하는 선생님은 슬퍼 보였다. 나는 선생님의 기분을 좋게 만들고 싶었다. 내가 정말 좋아하는 사람들이 불행해 보이는 건 싫다. 선생님은 내 앞에서 생각을 숨겨도 소용없는 걸 잘 알고 있다. 그래서 나를 감싸며 말했다.

"주말에 내가 누릴 수 없는 생활을 봤더니, 그냥 좀 슬퍼. 오로르를 가르치고 오로르가 아주 훌륭하게 해내는 모습을 보는 것도 당연히 즐겁지. 그렇지만 '어른'이 되면 힘든 게 있단다. 어른은 선택을 해야 하고, 당시의 선택이 옳았다고 자신을 계속 설득해야 해. 그렇지만 그 선택이 썩 만족스럽지 않을 때도 있어."

나는 그 말을 이해하려 애썼다. 조지안느 선생님을 도울 수 있는 방면으로 생각하려 애썼다.

내가 물었다. "다시 무용을 하면 안 돼요?"

"그러기에는 좀 늦었어."

"왜 늦어요?"

선생님은 내 눈을 피하며 아래를 내려다보았다. "반년 뒤면 아이가 태어나."

나는 선생님을 양팔로 껴안고 말했다. "정말 기뻐요!"

그래도 선생님은 조금 슬퍼 보였다.

"좋은 소식 아니에요?"

"그래, 그래. 내 나이가 서른일곱이니까 아주 좋은 소식이지."

"서른일곱인 게 상관이 있어요?"

"아이를 낳을 때는 나이가 상관이 있거든. 그런데…… 음, 이런

어른은 선택을 해야 하고,
그 선택이 옳았다고 자신을 계속 설득해야 해.

일은 오로르 네가 더 나이 들면 알게 돼.”

"왜 지금은 '이런 일'을 설명하지 못해요?"

"아직 적당한 때가 아니니까. 그리고 이런 일은 엄마한테서 들어야 하니까.”

"선생님 애인은 아이 아빠가 될 생각에 기뻐하나요?"

"레옹은 아주 들떴어. 우리 둘 다 오래전부터 아이가 생기기를 바라고 있었거든. 자, 이 얘기는 이제 그만하자.”

"왜요?"

선생님의 생각이 보였다. '얼른 화제를 돌려야 해!'

선생님이 말했다. "내가 슬픈 이유는…… 레옹이 대학교 교수 자리를 바라고 있던 건 너도 알지? 드디어 자리가 생겼는데, 리모주에 있는 대학교야.”

"리모주가 어디예요?"

"도자기로 유명한 곳. 그리고 대학교도 있어.”

"좋은 곳이에요?"

"음……, 작은 도시야. 그래도 아파트를 구할 수 있을 거야.”

나는 눈이 휘둥그레졌다.

"이사하시는 거예요?"

"안타깝지만 그래. 요즘은 교수 자리가 드물어. 레옹도 리모주가 썩 마음에 드는 건 아니래. 그래도 자리가 났으니까. 나도 거기서 일을 구할 수 있을 테고.”

"그럼, 새 오로르를 찾아내서 가르치세요?"

도자기로 유명한 도시.
그리고 내가 없는 곳.

나는 선생님을 쳐다보았다. 선생님의 눈에는 눈물이 그렁그렁했다.

"다른 오로르는 앞으로도 절대 없어. 너는 아주 특별하니까. 어쨌든 나는 레옹이랑 같이 리모주로 가. 좋은 소식도 있어. 올해는 여기에 계속 있을 거야. 그러니까 오로르가 처음 학교를 다니는 1년 동안은 내가 그림자처럼 뒤에서 지도할 거야."

나는 한 손으로 선생님의 손을 잡았다. 나머지 손으로 태블릿에 적었다. "조지안느 선생님은 앞으로도 한 분뿐이에요. 태블릿을 사용하는 새로운 방법이랑 친구를 사귀는 방법, 다른 사람들을 위해서 좋은 일을 하는 방법을 저한테 가르쳐 줄 사람은 선생님뿐이에요."

"다른 선생님이 오실 거야."

"하지만 조지안느 선생님이 아니에요!"

"나를 대신할 멋진 선생님이 나타날 거야."

슬펐다. 나는 슬플 때가 없는데…….

선생님이 말했다. "오로르, 헤어지는 건 너한테도 나한테도 힘든 일이야. 그래도 앞으로 같이 있을 날이 많이 남았어. 거의 1년이 남았어!"

"맞아요. 1년은 아주 길어요."

"게다가 올해에는 배울 것도 아주 많고 할 것도 아주 많지. 그리고 혹시 알아? 내가 이사하기 전에 오로르가 말을 몇 마디 할 수 있게 될지."

조지안느 선생님은 내가 다른 사람들처럼 소리 내어 말할 수 있

조지안느 선생님은
앞으로도 한 분뿐이에요.

게 되기를 바란다. 그게 선생님의 큰 꿈이다. 내가 태블릿 덕분에 글로 말할 수 있게 된 것도 오래된 일은 아니다. 음, 이렇게 내가 글로 말할 수 있을 거라고 생각한 사람은 아무도 없었다. 모두 조지안느 선생님 덕분이다. 선생님한테 태블릿으로 말하는 법을 배운 뒤로 나는 다른 사람들이 입으로 말하는 것만큼 빠르게 태블릿에 글을 쓸 수 있게 됐다. 그렇지만 입으로 말하려고 하면…… 아무 소리도 안 나온다. 선생님은 아직도 내가 곧 소리 내어 말할 수 있다고 확신한다. 엄마와 아빠는 선생님한테 서두르지 않아도 된다고 말해 왔다. 나는 선생님 덕분에 태블릿으로도 말을 잘하니까!

그래도 나는 조지안느 선생님을 기쁘게 하고 싶은 마음에, 몇 단어라도 소리 내어 말하고 싶었다. 그러나 입을 열 때마다 아무것도 안 나온다! 소리가 아예 안 나온다! 나는 입으로 말을 못해도 상관없다. 언제라도 태블릿으로 '말할' 수 있으니까. 다른 사람들처럼 대화할 수 있으니까. 별 그림을 설명한 미술 시간처럼 필요한 때에 얼마든지 자세하게 설명할 수 있으니까.

내 이름의 유래를 설명하고 항상 어둡고 눈이 쌓여 있는 곳에서 나와 같은 이름을 가진 성운을 볼 수 있다는 이야기를 들려줄 때, 반 애들도 내 이야기를 좋아하는 줄 알았다. 별이 가득 그려진 편지 봉투를 보고 나한테 선물을 준 줄 알았다. 그런데…….

장난 체 그만하지 그래? 넌 왜 그렇게 유별나?

★

　점심시간이 끝났다. 조지안느 선생님도 교실로 돌아와서 내 옆에 앉았다. 내가 학교에서 낯선 상황에 처하면 선생님이 옆에서 조용히 도움을 준다. 선생님은 전에 아이들이 누구나 착한 것은 아니며 모두와 친구가 될 수는 없다고 말했지만, 그래도 나는 생각했다.

　'나는 오로르야! 나한테는 슬픈 일도 화낼 일도 없어. 나는 신비한 능력으로 다른 사람들을 도우며 살아야 해.'

　그러나 조지안느 선생님은 문제가 있는 것을 알아챘다.

　선생님이 속삭였다. "오로르, 혹시 우니?"

　나는 고개를 숙였다. 소매로 눈을 훔쳤다. 편지 봉투와 편지를 선생님한테 내밀었다. 선생님은 편지를 읽으며 점점 표정이 굳었다. 담임 선생님이 교실에 들어오자마자 조지안느 선생님은 편지를 들고 카마일라르 담임 선생님한테 갔다. 조지안느 선생님이 밖에서 잠깐 이야기하자고 말하고, 두 선생님이 복도로 나가자, 나는 자클린느를 보며 미소를 지었다. 그러나 자클린느는 나를 보지 않고 손바닥으로 이마를 짚고 있었다. 자클린느의 생각을 읽을 수 있었다.

　'내가 왜 저런 애들 틈에 꼈지? 내가 왜 글씨를 쓰겠다고 했지? 선생님은 보자마자 내 글씨인 걸 알아챌 텐데. 이제 큰일 났어.'

　나는 자클린느의 어깨를 살짝 치고 태블릿에 썼다.

　"걱정하지 마. 사람들은 여럿이 함께 있으면 종종 나쁜 일을 하게 돼. 나는 정말로 너랑 친구가 되고 싶어!"

　조지안느 선생님과 카마일라르 선생님이 교실로 돌아왔다. 교실은 조용해졌다. 조지안느 선생님은 내 옆자리로 돌아와서 앉으며 '다 해결됐어' 하고 말하듯 고개를 살짝 끄덕였다.

그렇지만 나는 이 일을 직접 해결하고 싶었다!

카마일라르 선생님은 손에 편지 봉투와 편지를 들고 있었다. 아이들 앞에 서서 편지를 높이 쳐들고 말했다.

"세상에는 잔인한 일이 너무 많아요. 못된 일들도 너무 많아요. 이런 생각을 품고 있는 사람들도 있죠. '대다수의 사람들과 다른 사람이 있으면, 다르다는 이유만으로 따돌리고 괴롭혀도 된다.' 아주 끔찍한 생각이에요. 이 편지는 한 사람이 만든 게 아니고 몇몇 사람이 같이 만들었다는 사실을 선생님도 알아요. 누구든 이 편지를 쓴 사람들은 자기가 얼마나 잔인하게 행동했는지 오랫동안 깊게 생각하세요. 오로르가 우리 반에 오기 전에 선생님이 말했던 거 다 기억하죠? 새로 우리 반에 오게 된 오로르는 말을 못하지만 태블릿으로 대화를 아주 잘 할 수 있으니까 모두가 오로르를 환영하고 함께 학교에 다니게 된 걸 축하하자고 말했죠? 그런데 여러분은 이런 걸……."

옆자리에서 자클린느가 흐느끼기 시작했다. 나는 자클린느의 어깨를 팔로 감쌌다. 카마일라르 선생님이 자클린느를 보았다.

"양심 있는 사람이 한 명은 있네요. 그리고 그 예쁜 글씨로 이 못된 편지를 쓴 사람이 자클린느인데도, 오로르가 자클린느를 얼마나 친절하게 대하는지 보세요."

자클린느가 더 크게 울었다.

내가 태블릿에 적었다. "이제 다 지나간 일이야!"

카마일라르 선생님이 계속 말했다.

"편지를 함께 만든 다른 사람들도 자클린느처럼 오로르한테 사과하는 선한 모습을 보이기 바랍니다. 그리고 경고할게요. 이런 괴롭힘이 또 벌어지면 그때는 정말 크게 혼날 겁니다."

담임 선생님은 교탁으로 돌아갔다. 선생님은 이제 수업을 시작하자고, 고대 신화 속 인물에 대해 이야기하겠다고 말했다. 바위가 계속 아래로 굴러떨어져도 포기하지 않고 계속 위로 올리는 남자 이야기라고 했다.

나는 '시시포스 얘기네요!' 하고 말할 뻔했다. 아빠가 시시포스 신화를 좋아해서 자주 이야기한다. 그래서 나도 알고 있다. 아빠는 말했다. "인간은 어떤 일이 잘되지 않을 것을 알면서도 어떻게든 그 일을 이루려고 애쓰지. 실패를 무릅쓰고 포기하지 않아. 시시포스 이야기는 그걸 말하는 신화야."

나는 그 이야기를 반 아이들에게 들려주고 싶었다. 그렇지만 또 잘난 체하는 것으로 보이지 않을까 걱정됐다. 그래서 담임 선생님이 "이 신화 속 인물의 이름을 아는 사람 있나요?" 할 때에도 가만히 있었다.

내가 담임 선생님의 질문에 아무 대답도 하지 않으니까 조지안느 선생님이 나를 쿡 찔렀다. 그래도 나는 태블릿만 내려다보았다. 수업 시간이 끝나고 담임 선생님은 조지안느 선생님과 나한테 잠깐 남아 달라고 말했다. 아이들이 다 나간 뒤 카마일라르 담임 선생님은 내 어깨에 손을 얹고 말했다.

바위를 산 위로 밀고 가는 슬프고 지친 한 사람.

"그런 일을 겪게 해서 정말 미안해."

내가 태블릿에 적었다. "그렇게 괴롭지는 않았어요."

조지안느 선생님이 말했다. "그럼 왜 시시포스를 묻는 질문에 대답하지 않았니?" 그리고 조지안느 선생님은 담임 선생님한테 말했다. "오로르는 시시포스 신화를 다 알아요. 시시포스를 태블릿에 그리기도 했어요."

담임 선생님이 나한테 말했다. "그림 좀 보여줄래?"

나는 태블릿 화면을 두 번 눌렀다. 내가 그린 시시포스의 모습이 나왔다. 퐁트네-수-부아에 있는 공원처럼 생긴 언덕으로 바위를 밀어 올리는 지치고 슬픈 표정의 남자였다.

"아주 잘 그렸네. 그런데 왜 내가 그 신화 속 인물을 아는 사람이 있느냐고 물었을 때 대답 안 했니?"

"그 편지 때문에요. 제가 잘난 체한다고 생각할까 봐요."

담임 선생님은 고개를 가로젓고 말했다.

"괴롭힘이 나쁜 이유는 바로 거기에 있어. 괴롭힘 당한 사람이 자기 생각을 표현하는 걸 두려워하게 되는 거. 오로르, 네가 알고 있는 지식을 사람들과 나누는 건 즐거운 일이야. 두려워하지 마."

"저는 아직 모르는 게 아주 많아요. 그래서 많이 배우고 싶어요."

"정말 좋은 생각이야. 호기심은 정말 중요해. 사람이나 사물에 항상 관심을 가져야 해."

"제가 그래요!"

집으로 가는 길에 나는 조지안느 선생님한테 말했다.

"선생님이 내년에 떠나게 돼서 아직도 정말 슬퍼요."

조지안느 선생님이 말했다. "나도 그래."

"그래도 부탁드릴 게 있어요."

"뭐든 말해."

"이제 학교에 다니고 있으니까……, 선생님 도움이 필요하면…….."

"언제라도 내가 옆에 있을게."

"그건 저도 잘 알아요. 그리고 아주 든든해요. 그런데 앞으로 제가 애들이랑 맞서야 할 때가 있으면, 제 힘으로 해결하고 싶어요. 괜찮죠?"

선생님은 나를 보며 웃었다.

"아주 좋은 생각이구나."

집에는 언니가 먼저 와 있었다. 언니는 집에 있을 때 늘 헤드폰을 쓰고 음악을 듣는다. 엄마는 언니의 그런 행동을 싫어한다. 엄마는 언니가 음악으로 장벽을 치고 엄마와 나를 막는다고 생각한다. 그런데 언니가 나를 보자마자 헤드폰을 벗었다. 언니는 내가 큰 잘못을 저지른 듯한 표정으로 나를 보았다.

내가 물었다. "안 좋은 일 있었어?"

"네가 학교에 온 거."

"그게 안 좋은 일이야?"

"애들이 나한테 와서 '네 동생 완전 이상해'라고 말한 게 안 좋은 일이지."

언니는 집에 있을 때
늘 헤드폰을 쓰고 음악을 듣는다.

★

　나는 언니의 말을 엄마한테 전하지 않았다. 그런데 그날 저녁을 먹으려고 식탁에 모였을 때, 엄마는 언니한테 밥 먹을 때에는 헤드폰을 벗고 대화를 나누자고 계속 말했다. 언니는 싫다고 말하고 방으로 달려가서 울었다. 엄마는 나한테 먼저 먹으라고 말하고 언니를 따라갔다. 나는 배가 별로 고프지 않아서 잠시 **참깨 세상**에 가기로 했다. 오늘 벌어진 일들을 생각하면 **참깨 세상**이 필요했다. 내 방으로 가서 태블릿을 켰다. 아빠의 애인 클로에가 나한테 그려 준 예쁜 별을 화면에 띄웠다. '참깨!'

　나는 테아트르가에 있는 빵집 앞에 서 있었다. **참깨 세상**이다! 이 빵집의 초콜릿빵은 파리에서 제일 맛있다. 아니, 적어도 아빠는 그렇게 말했다. 그리고 아빠는 초콜릿빵을 아주 좋아한다. 오늘은 엄마 아빠의 열여섯 번째 결혼기념일이다! 나는 어제 언니랑

테아트르가에 있는 빵집

아무 걱정도 없는 **참깨 세상**

같이 예쁜 카드를 만들고 진한 초콜릿 케이크도 구웠다. 초도 열여섯 개 준비했다! 그렇지만 엄마 아빠한테는 비밀이다. 엄마 아빠가 둘이서 결혼기념일 기념 외식을 하고 집으로 돌아오면 깜짝 선물로 케이크를 내놓아야지. 즐거운 상상을 하며 초콜릿빵 두 개를 사고 있는데 누가 내 어깨에 손을 올렸다.

"어서 와, 오로르!"

"오브!"

내 친구 오브였다! 오브와 나는 다정하게 껴안았다.

내가 말했다. "다시 만나서 정말 좋아."

"나도 정말 좋아. 그런데 너 좀 피곤해 보인다. 한 번도 피곤해 보인 적 없었는데."

그래서 나는 오브에게 학교에서 보낸 첫 이틀 이야기를 들려줬다. **참깨 세상**에는 **힘든 세상**에서 겪는 문제가 하나도 없다. 그래서 나도 입으로 소리 내서 말할 수 있다. 태블릿도 필요 없다.

오브가 말했다. "내가 **힘든 세상**에 가기 싫어하는 이유를 알겠지? 불행한 사람이 너무 많아. 그리고 사람은 자기가 불행하면 다른 사람한테 못되게 굴 때가 많아."

내가 말했다. "좋아질 거야."

"그게 네 장점이야. 사람들의 좋은 면만 보는 거."

"어쨌든 나는 **힘든 세상**에서도 슬프거나 화낼 일이 없어."

"오늘은 조금 슬퍼 보이는데?"

"힘든 하루였어. 그것뿐이야. 그래도 이제는 **참깨 세상**에 왔으

파리에서 제일 맛있는 초콜릿빵!

내가 깜짝 선물을 준비했어.

니까……."

"밖에 2인용 자전거가 있어. 내가 깜짝 선물을 준비했어."

"파르크 드 베르시에 가서 거북이 친구들을 만나?"

"주드폼 미술관에 가자. 새로운 친구들을 소개해 줄게."

"어떤 친구들이야?"

"비밀이야."

우리는 밖으로 나가서 2인용 자전거에 올라탔다. 15구를 벗어나서 다리를 건넜다. 센강을 쭉 따라서 이어진 길을 달렸다. 하늘에는 구름 한 점 없었다. 햇살. 길에는 자동차도 없었다. 도로를 청소하던 환경미화원이 손을 흔들어 인사했다. **참깨 세상**의 파리는 모든 게 완벽하다. 모두가 친절하다. 파리는 아주 깨끗하고, 개들은 어디든 뛰어다닌다.

주드폼 미술관에 도착해서 2인용 자전거를 세우고, 오브는 자전거에 있던 바구니를 열었다. 토끼 한 마리가 오브의 품에 뛰어들며 말했다.

"나는 모네야!"

또 한 마리가 내 품에 뛰어들며 말했다.

"나는 드가야! 오브가 우리한테 부탁했어. 우리가 정말 좋아하는 그림을 너한테 소개해 달라고."

모네가 말했다. "자, 들어가자."

두 토끼가 바로 오브가 말한 새로운 친구들이었다. 토끼들은 말도 잘할뿐더러 미술 작품들도 많이 알고 있었다!

주드폼 미술관에 가자. 새로운 친구들을 소개해 줄게.

미술관은 아름다웠다. 드가가 제일 먼저 안내한 그림에는 폭이 넓은 옛날 드레스를 입은 여자와 수염을 잔뜩 기르고 독특한 모자를 쓴 남자가 나란히 앉아 있었다. 여자 앞에는 불투명한 흰색 술이 놓여 있었다. 오래전 그림 같았다. 드가가 나한테 말했다.

"내 이름은 저 화가의 이름을 땄어. 드가는 평범한 생활 속에서 특별한 모습을 찾아냈지. 저 여자가 마시는 술은 화가인 드가도 좋아했던 거야. 술 이름은 압생트야."

이제 모네가 오브의 품에서 뛰어내리더니 자기가 이름을 따온 화가의 그림 앞으로 안내하고 싶다고 말했다. 나는 드가한테 모네랑 같이 뛰어가고 싶은지 물어보았다.

"아니, 나는 새 친구 품에 안겨 있을래. 새 친구란, 바로 너!"

"토끼 친구, 게다가 그림을 아주 잘 아는 친구를 만나게 돼서 정말 좋아!"

드가가 말했다. "오로르, 너 아주 멋지구나."

우리는 모네를 따라서 다른 전시실로 갔다. 해 뜰 무렵의 항구와 배들을 그린 아주 아름다운 그림이 있었다. 뿌옇게 푸른 세상 위로 붉은 해가 걸려 있었다.

"이 작품 제목은 〈인상: 해돋이〉야. 다른 모네 작품들도 봐. 붓자국을 그대로 남겨 물을 표현했어. 이 작품을 처음 선보인 1874년에는 낯선 기법이었지. 그래서 나쁜 평가를 받았어."

내가 물었다. "이렇게 아름다운데?"

"사람들은 새로운 걸 두려워할 때가 많아. 세상을 새로운 방식으

물이 흘러내릴 것만 같아!

오네

로 보는 사람의 눈에 자기들이 어떻게 비칠지 두렵기 때문이지.”

내가 말했다. “그거 정말 재미있는 생각이네. **힘든 세상**에서는 누가 세상을 다른 눈으로 보거나 그냥 좀 남다르면, 불편하다고 느끼는 사람이 많아.”

모네가 말했다. “그래, 오브한테서 들었어. **힘든 세상**에서는 오로르가 말 대신 태블릿이라는 걸로 대화한다면서? 글로 말한다니! 정말 멋져. 그림을 언어로 쓰는 거랑 비슷하잖아!”

“우리 엄마 아빠는 내가 소리 내서 말하지 않아도 괜찮대. 그렇지만 다른 사람들은……”

“어떤 사람들은 남다른 사람을 보면 불편하다고 말해. 자기들이 생각하는 ‘정상’의 개념에 맞지 않는 걸 보는 게 싫은 거야. 그런데 ‘정상’이라는 건 존재하지 않아. 집단에서 벗어나지 않으려고, 특별해 보이는 걸 억누르려고 ‘정상’이라는 개념을 스스로한테 강요하는 것뿐이야. 이제 백여 년 전 걸작을 너한테 보여 줄게. 그 당시에는 아무도 이해하지 못한 그림이야.”

우리는 다음 전시실로 갔다. 오브와 모네는 벌써 도착해 있었다. 거대한 캔버스에는 19세기 옷을 입은 사람들이 공원에 나와 있었다. 화려한 옷을 입은 사람들. 손 잡고 걷는 어른과 아이. 파이프를 물고 잔디에 누운 선원 복장의 남자. 개와 원숭이. 모자를 쓰고 양산 아니면 지팡이를 든 사람들. 물에는 놀잇배들이 떠 있었다. 그림의 제목은 〈그랑드 자트 섬의 일요일 오후〉.

오브가 말했다. “가까이 와서 봐.”

나는 그림 가까이에 서 있던 오브 옆에 섰다.

오브가 말했다. "이제 이 그림을 자세히 봐."

나는 잠시 그림을 살펴보았다. 잔디, 물, 나무, 사람들, 동물들, 양산. 문득 깨달았다.

내가 말했다. "전부 점으로 그렸어!"

모네가 말했다. "잘 봤어, 오로르! 이 그림을 그린 화가는 조르 주 쇠라야. 오래 살지는 못했어. 남긴 그림도 몇 점 안 돼. 게다가 이 그림을 1886년에 처음 선보였을 때는 아주 작은 점 같은 붓질 로 특별할 것 없는 일요일 공원의 풍경을 그렸다는 사실을 아무 도 좋아하지 않았어."

드가가 끼어들었다. "그뿐 아니야. 이 그림에서 쇠라가 빛을 어 떻게 활용했는지 봐. 색으로 감정을 자아내고 조화를 이루고 있 어. 그리고 보는 사람은 자기 시각대로 색을 섞어서 보게 돼. 쇠라 가 캔버스에 찍은 점들을 자기 눈으로 섞어서 보는 거야."

오브가 말했다. "모네한테 들었는데, 이 그림을 그리는 데에 2년 이 걸렸대. 그런데 당시에는 모두가 이 그림을 이상하다고, 다르 다고 비판했대."

내가 말했다. "이렇게 멋진데? 화가가 점으로 찍은 색을 통해서 감상하는 사람이 자기만의 색을 본다는 아이디어도 참 좋아. '이 그 림을 보는 데에 정답이란 없다. 각자 나름의 방식이 있을 뿐이다.' 이 화가는 이렇게 말하고 있는 것 같아. 세상일이 다 그렇지 않아? 같은 이야기를 들어도, 어떤 사람은 이렇게, 어떤 사람은 저렇게 생

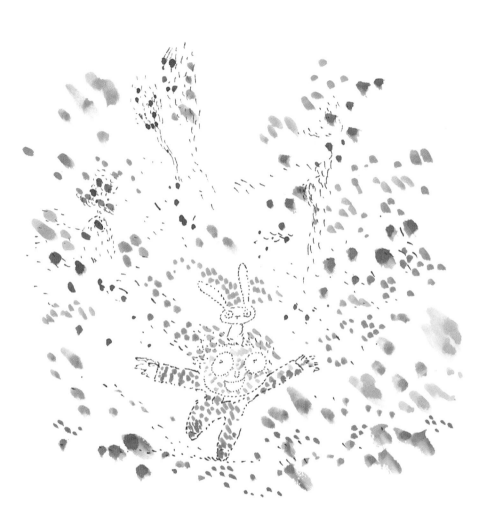

그림을 보는 데에 정답이란 없어!

각하잖아.”

모네가 말했다. “딱 맞는 말이야! 화가 모네가 자기 미술에 대해서 뭐라고 말했는지 알아? ‘모두가 내 작품을 보고 토론하며 이해하는 척한다. 그저 즐기기만 해도 충분한 때에도 사람들은 꼭 머리로 이해하려 든다.’”

내가 물었다. “자기 작품을 즐기라는 말일까?”

드가가 말했다. “살면서 겪는 모든 일을 말하는 것 같아. 나쁜 일들도 사랑하라.”

“오로르! 오로르!”

엄마다!

나는 토끼 친구들한테 말했다. “**힘든 세상**으로 돌아가야 해.”

오브가 말했다. “학교에서 또 힘든 일이 있으면 얼른 다시 와.”

“카마일라르 선생님이 반 전체 애들한테 말씀하셨으니까 이제 다 다정할 거야.”

모네가 드가한테 말했다. “좋은 면만 보는 사람이 있다니 멋지지 않아? 더구나 **힘든 세상**에서 온 아이인데.”

엄마가 나를 계속 불렀다.

“오로르! 오로르!”

“이제 정말 가야 해.”

드가가 말했다. “다음번에는 입체파 화가들에 대해 이야기하자. 그 사람들은 상자 같은 기하학적 형태를 써서 인류의 문제를 표현했어.”

모네가 말했다. "우리가 원하지 않는 상자를 만들어서 거기에 갇혀 지내는 것에 대해서도 이야기하자."

오브가 말했다. "여기 **참깨 세상**에는 그런 일이 없지!"

내가 말했다. "내가 사랑하는 사람들, 아는 사람들은 모두 각자 자기만의 상자 안에서 살아."

"오로르! 오로르! 대답해."

나는 오브와 포옹하고 손으로 귀를 막은 채 말했다. "골칫거리 세상으로!"

다시 골칫거리 세상으로!

★

내 방에 돌아왔다. 엄마가 방문을 두드리고 있었다. 나는 '들어오세요!'라고 말하고 싶었지만 불가능한 일이었다. 그래서 침대에서 내려와 문을 열었다. 엄마의 표정이 어두웠다.

"네 언니가 헤드폰을 안 벗고 엄마 말을 무시하더니, 이제는 네가 아무 대꾸도 없이 엄마를 무시하네."

"잠깐 졸았어."

"저녁이 다 식었어."

"소스를 데워서 파스타를 다시 만들면 되지! 내가 도울게. 그러니까 저녁을 못 먹게 되지는 않아."

엄마가 슬픈 미소를 지었다. 눈물을 참고 있는 것 같았다.

"네 언니도 너처럼 다정하면 좋겠다."

"언니는 가끔 상황에 휩쓸리는 것뿐이야."

"이제는 내가 정말 믿대. 여기로 이사해서 자기 생활을 망쳤대. 학교에서 같은 반 애들이 자기를 거만한 파리 사람이라고 부르면서 미워한대."

"거만하다는 말이 무슨 뜻이야?"

"잘난 체한다는 뜻이야."

"오늘 학교에서 반 아이들이 내 책상에도 그런 편지를 올려놨어. 내가 잘난 체한대."

"우리 오로르가 잘난 체한다고? 말도 안 돼."

"언니도 잘난 체하지 않아."

"문제는, 에밀리가 어떤 남자애한테 완전히 빠진 거야."

"마티유?"

"에밀리가 너한테 얘기했어? 마티유 얘기를 했어?"

"아니, 그냥 내가 본 거야. 언니가 마티유라는 남자애랑 같이 있는 거."

"에밀리는 아무 말도 안 하고?"

나는 그렇다고 했다.

"휴, 에밀리가 걔한테 완전히 반했더라. 세상에서 제일 멋진 남자래. 인터넷으로 걔 사진을 찾아봤더니, 덩치 좋고 자기가 잘생긴 걸 아는 애더라. 오로르 네가 보기에는 어때?"

"나는 겉모습으로 남자를 보지 않아."

"너도 더 크면 그렇게 돼."

"나는 안 그래."

너도 더 크면 그러게 돼.

엄마는 미소를 지었다. 엄마가 언니나 나랑 이야기하다가 '그래, 내 생각이 맞지만, 아직은 애들이 이해하기 힘들 테니 이제 그만해야지.' 하고 생각할 때 짓는 미소였다. 나는 엄마의 눈에서 생각을 읽을 수 있었다.

'오로르는 아직 참 순수해.'

내가 물었다. "마티유는 언니를 좋아해?"

"에밀리 말로는, 마티유가 자기한테 특별한 사람이라고 말했대. 그런데 여기서 멀지 않은 공원에서 마티유가 피비라는 여자애랑 같이 있는 걸 봤대."

"마티유가 피비랑 데이트했대?"

엄마가 고개를 끄덕였다.

"다른 사람이랑 데이트하는 걸 보고도 왜 마티유를 계속 좋아해?"

"누구한테 반하면 그렇게 되기도 해. 자기가 상대한테 기울인 관심만큼 상대한테서 관심을 못 받으면, 더욱더 관심을 바라게 되거든."

"그럼, 언니가 마티유한테 관심을 덜 보이면, 마티유는 언니한테 관심을 더 보일 수도 있어?"

"맞았어! 그래, 그렇게 돼."

"엄마랑 아빠도 그랬어?"

엄마의 표정이 순간 확 슬퍼졌지만, 엄마는 그 표정을 들키지 않으려고 입술을 깨물었다. "아니야. 네 아빠랑 나는 서로 금방 좋아했어."

누구한테 반하면 그렇게 되기도 해.

"그럴 줄 알았어! 엄마 아빠는 처음부터 서로 사랑했을 줄 알았어!"

엄마가 깊은 한숨을 쉬었다.

"그래, 처음에는 아주 많이 사랑했지. 에밀리랑 네가 태어났을 때에는 더더욱. 우리 딸들이 세상에 나와서 정말 기뻤어."

"그리고?"

"그리고…… 사랑은 변할 때도 있어. 다른 일들 때문에 사랑이 약해지기도 해. 슬픈 일이지. 그렇지만 늘 일어나는 일이야. 우리 할머니 할아버지가 내 나이일 때에는 아무도 이혼을 안 했어. 지금은 결혼한 부부의 절반이 이혼해. 우리는 사랑이 영원하기를 바라지만, 어쩌면 이제는 사랑을 '영원한 것'이 아니라 살아가면서 거치는 여러 단계로 봐야 할지도 몰라. 이렇게 말해도 네 나이 때에는 이해 못 하겠지. 나중에 알게 돼."

"나는 결혼 안 해! 엄마랑 언니랑 사는 게 정말 좋아."

"그거 고마운 말이네. 그렇지만 언젠가 너도 이 집을 나가서 독립하고 싶을 때가 올 거야."

"그럴 리 없어!"

엄마는 내 손을 잡았다.

"나도 네 나이 때에는 너랑 똑같이 생각했어. 그렇지만 달라지는 게 자연스러운 성장이야."

"다른 사람들이랑 똑같이 살지 않을래."

"그게 평범한……."

"평범하기 싫어. 나는…… 오로르이고 싶어!"

"넌 언제까지나 이 엄마의 멋진 오로르지! 언제까지나 특별할 거야. 그렇지만 '평범한 것'도 좋을 때가 있어."

"예를 들면?"

"사랑에 빠지는 거."

"나는 안 그래!"

"그렇게 될 거야. 앞으로 오랜 뒤에. 내가 네 아빠랑 그랬고, 또 지금도 그렇고."

나는 엄마를 뚫어져라 보았다. 내가 제대로 들은 게 맞나?

엄마의 눈에서 생각을 읽을 수 있었다.

'이런! 얼떨결에 말해 버렸네.'

나는 계속 엄마를 뚫어져라 보다가 태블릿에 썼다.

"엄마, 정말 사랑에 빠졌어?"

엄마가 내 손을 더 꼭 쥐었다. "정말 사랑에 빠졌어."

"와!"

★

　나는 아빠한테 엄마의 사랑 이야기를 꺼내지 않았다. 언니한테
도 말하지 않았다. 엄마가 비밀을 지켜 달라고 부탁했다. 엄마는
그 사람에 대해서도 많이 알려주지 않았다. 엄마가 일하는 은행
에서 '관리직'(나는 처음 듣는 말이었다)으로 일하는 남자고, 파리
바로 옆에 붙은 라데팡스라는 곳에 있는 큰 건물에 사무실도 있
고 집도 있다는 것, 그리고 이름이 샤를이라는 것만 들었다.

　"왜 언니한테는 말을 안 해?"

　"지금은 에밀리가 엄마 일이라면 다 싫어할 시기거든. 게다가
마티유 때문에 속상한 상태고."

"언니한테 마티유는 잊으라고 말할래. 더 좋은 사람을 찾을 수 있다고 말할래!"

엄마가 말했다. "그러지 마. 그랬다가는 에밀리가 나를 더 미워할 거야. 너한테 말을 전했다고."

"그냥 어디서 들었다고 하면 되지. 마티유가 공원에서 다른 사람이랑 데이트를 했다는 얘기를……."

"나한테 들은 이야기인 거 다 알걸. 에밀리는 지금 모든 게 다 못마땅해. 내가 샤를 얘기를 꺼내면 못되게 반응할 거야. 질투할 수도 있고."

"질투. 나는 그 단어가 이해가 잘 안 돼."

"다른 사람이 잘되거나 좋은 처지에 있는 걸 공연히 미워하고 깎아내리는 거. 다른 사람들이 가진 걸 나는 못 가져서 세상이 불공평하다고 생각하는 거. 자기는 다른 사람들보다 더 가질 자격이 있다고 믿는 거. 혹은 자기가 아끼는 사람이 다른 사람을 만날 때, 게다가 그 다른 사람이 자기나 자기가 아끼는 사람보다 못하다고 생각될 때 정말 화가 나는 거. 그런 것들을 뜻하는 단어야."

"누가 자기들과 다른 방식으로 세상을 본다고, 평범하지 않다고 해서 화내는 것도 질투야?"

"세상을 다른 방식으로 보는 건 창의적이라는 신호야. 예술가라는 신호지. 창의적이지 못한 사람은 창의적인 사람을 질투할 때가 많아."

그래서 우리 반 애들이 나한테 못된 편지를 썼는지도 몰라. 내가 세상을 보는 방식을 질투해서. 내가 관심 있는 지식을 애들에게 전하려 해서. 그런데 나는 사람이건 사물이건 세상 전부에 관심이 있어. 사람들이 그것까지 질투할까?

그 질문은 아빠한테 던졌다. 학교에 다닌 지 사흘째 되는 날은 토요일이었다. 그 주말은 아빠와 아빠의 애인 클로에가 사는 파리에서 보냈다. 아빠는 19구에 있는 진짜 멋진 아파트에 살고 있다. 거실 한쪽에는 사다리를 타고 올라가는 방도 있다! 클로에는 내 침대 옆에 별을 더 많이 그려 놓았다. 침대에 누워서 바로 보이는 천장에는 오로라 보레알리스도 그려 놓았다! 누워서 천장을 보면, 북극에 누워서 나와 같은 이름을 가진 성운을 쳐다보는 것과 마찬가지다!

클로에는 아주 끝내준다('끝내준다'라는 말을 얼마 전에 알게 됐는데 이제 즐겨 쓴다). 아주 다정하기도 하다. 나는 클로에한테 학교에서 벌어진 일을 모두 들려주었다. 클로에도 학교에 다닐 때 못된 아이들한테 시달렸다고 한다. "커다란 안경을 쓰고 과학을 좋아하고 책만 읽는다고 놀림을 받고 괴롭힘을 당했어. 내가 선생님의 질문에 대답할 때마다 아이들이 낄낄거렸지."

클로에가 계속 말했다. "오로르는 자기 참모습대로 살면 돼. 다른 사람을 괴롭히는 애들은 불안정한 동물들이나 마찬가지야. 혼자 있으면 불안하니까 무리를 지어서 움직이는 거지. 그런데 그렇게 뭉쳐 다니는 진짜 이유는 따로 있어. 자기 참모습을 들키는 걸 두려워하기 때문이야. 그래서 눈에 띄는 사람, 독창적이고 독립적인 사람을 괴롭히지. 내가 너한테 들려주고 싶은 말은 이거야. 참모습 그대로 살아. 그리고 못된 애들이 그렇게 한심한 편지를 또 보내거나 어떤 식으로든 괴롭혀도 당황하거나 신경 쓰는 모습을 보이지 마."

아침에 일어나 나와 보니, 아빠는 책상에서 글을 쓰고 있었다. 아빠의 표정이 어두웠다.

아빠의 소설로 영화를 만들겠다고 장담하던 영화 제작자가 계획이 전부 어그러져서 약속을 못 지키겠다고 했다. 아빠 책을 내는 출판사에서는 최근에 낸 아빠의 작품 두 편이 많이 팔리지 않는다고 걱정하며 다음에 나올 책까지 잘 팔리지 않으면 더 이상 아빠 책을 내지 않겠다고 했다. 이 얘기는 모두 지난밤에 아빠한테서 들었다. 내가 아빠한테 지치고 힘들어 보인다고 말하자, 아빠는 그 얘기를 들려주었다. 나는 아빠가 쓰고 있는 새 책이 아주 잘 팔릴 거고, 모든 일이 다 잘될 거라고 말했다. 그런데 오늘 아침에 일어나니, 아빠는 책상에서 아주 빨리 키보드를 치고 있었다. 나는 아빠한테 언제 일어났는지 물어보았다.

아빠가 말했다. "다섯 시에 일어났어."

내가 물었다. "아직도 걱정돼?"

"잠을 자도 걱정이 사라지지 않네. 작가는, 아니 예술가라면 누구나 다 완전히 혼자야. 그런데 사실, 누구나 그렇지. 가족이나 친구랑 아주 가깝게 지내는 사람이라도, 모두가 사실은 혼자야."

"아빠는 혼자가 아니야!"

"글을 쓸 때에는 혼자라고 뼈저리게 느껴."

아빠는 혼자가 아니야!

클로에가 어느새 뒤로 와서 내 어깨에 손을 얹었다. 클로에는 아직 잠옷 차림이고, 걱정하는 표정이었다.

클로에가 아빠한테 목소리를 낮게 깔며 말했다. "당신 걱정으로 오로르를 걱정시키지 마."

아빠의 몸이 굳었다. 화난 표정이었다. 말을 꺼내려 하다가 꾹 참은 뒤 그저 고개를 슬프게 가로젓고 말했다.

"미안해, 오로르. 내 문제로 너한테 부담을 주는 게 아닌데."

나는 아빠의 무릎에 뛰어올라서 아빠를 안으며 말했다. "부담 준 적 없어. 그리고 아빠가 뛰어난 작가인 건 세상 사람이 다 알아." 그러고는 클로에를 보며 물었다. "그렇죠? 맞죠?"

클로에가 말했다. "당연히 맞지." 그러나 아빠를 실망시키지 않으려고 애써서 말하는 것 같았다. 나는 클로에의 생각을 읽을 수 있었다.

'저이가 예술가로서 늘 되풀이하는 고민에 이제 나도 지치기 시작했어. 그래, 작가한테는 힘든 시대지. 나도 알아. 사람들이 책을 읽지 않고 휴대폰만 들여다보니까. 그렇지만 저 끝없는 불안에 이제 나까지 영향을 받고 있어. 오로르까지 이런 짐을 짊어지면 안 돼.'

그러나 클로에는 입으로는 다른 말을 했다.

"자, 아침 만들자!"

클로에는 나한테 코코아를 만들어 주면서 아빠가 몇 주 동안 잠을 제대로 못 잤다고 말했다. 밤마다 걱정에 싸여 이리 뒤척 저리 뒤척 했단다.

"걱정 없는 사람은 없어. 그런데 사람들은 아직 벌어지지도 않은 일 때문에 걱정할 때가 많아. 누구한테나 두려워하는 게 있고, 늘 두려워하면서 살지. 그렇지만 그 두려움에 휩쓸리면……."

내가 말했다. "나는 두려운 게 없어요!"

"그래도 너한테 못되게 군 아이들이 썩 마음에 드는 건 아니잖아."

"그건 맞아요. 그렇지만 걔들을 두려워하거나 학교를 싫어하지는 않을 거예요."

클로에가 말했다. "나도 네 나이였을 때 너처럼 겁이 없었으면 얼마나 좋았을까."

나는 클로에한테 말하고 싶었다. '내가 겁이 없는 건 신비한 능력 때문이에요. 그리고 **참깨 세상**에서도 살고 있기 때문이죠!'

아침을 먹은 뒤 클로에는 샤워하러 갔다. 아빠는 아주 집중해서 글을 쓰고 있었지만, 내가 방으로 돌아갈 때 나한테 키스하는 것은 잊지 않았다. 좋은 신호였다. 아빠의 얼굴에서 걱정하는 표정은 사라졌다. 글이 잘 풀리는 것 같았다. 나는 침대로 돌아가서 학교에서 읽으라고 한 책을 읽었다. 생텍쥐페리의 《어린 왕자》였다. 생텍쥐페리는 제2차 세계 대전 때 비행사로 유명했다. 담임 선생님은 다음 금요일까지 독후감을 써 오라고 했다. 그러니까 이 책을 얼른 다 읽고 생각해야 한다. 책에 담긴 이야기와 그 이야기가 전하려 하는 바를 많이 생각해야 하니까.

나는 책 읽기가 정말 좋다. 아빠와 조지안느 선생님이 각자 방

식은 달라도 뜻은 같은 말을 해준 적이 있다. '책을 읽는 것은 여행과 마찬가지다.'

초인종이 울렸다. 아빠가 클로에한테 손님이 오기로 했느냐고 물었다. 클로에는 함께 작업하는 위고가 왔을 거라고 말했다.

아빠가 말했다. "아, 위고……." 그 위고라는 사람이 집에 오는 게 달갑지 않은 말투였다.

위고가 집에 들어왔다. 클로에랑 비슷한 나이로 보였다. 깡말랐다. 온통 검은색 옷을 입고 커다랗고 멋진 검은색 선글라스도 꼈다. 나는 침대에서 내려와서 인사했다. 위고는 나한테 정말 다정했다.

"네가 바로 오로르구나! 클로에한테서 얘기 많이 들었어. 상상력이 아주 풍부하고 세상을 완전히 다른 눈으로 본다고!"

나는 미소를 짓고 물었다. "아저씨는 세상을 어떻게 보세요?"

"나는 컴퓨터 프로그램이 작동하게 하는 알고리즘이라는 걸 만들어."

"제 태블릿에도 그 알고리즘이라는 게 들어 있어요?"

"맞아! 입력하는 내용이 화면에 단어로 나오는 건 알고리즘 덕분이야."

"와, 감사드려요! 아저씨 덕분에 제가 말할 수 있게 됐군요."

아빠가 말했다. "그건 위고 씨가 만든 게 아냐."

위고가 말했다. "아빠 말씀이 맞아. 오로르가 쓰는 태블릿이 돌아가게 만드는 알고리즘은 다른 사람이 만들었어."

클로에가 아빠한테 말했다. "그렇다고 그렇게 쏘아붙이는 투로 말할 필요는 없잖아."

아빠가 말했다. "쏘아붙이는 투였어? 그럴 뜻은 없었어."

클로에가 말했다. "그런 투였어."

위고가 '얼른 화제를 바꿔야지!' 하고 생각하면서 말했다. "오로르, 별을 정말 좋아한다면서? 클로에한테서 들었어."

"네, 맞아요. 제 이름 때문이에요."

위고가 나한테 물었다. "별을 그리는 알고리즘도 있는 거 아니?"

"정말요? 보여 주세요."

"물론이지."

위고는 내 옆에 앉아서 노트북을 꺼냈다. 그리고 컴퓨터 공식이라는 것을 썼다.

```
star = (n, k) -〉
pen k
for [1..n]
fd 100
rt 3 * 360 / n
speed 10
star 8, red
```

나는 어리둥절해서 위고를 쳐다보며 말했다.

"뭔지 모르겠어요."

위고가 말했다. "그럴 수 있지. 알고리즘을 만드는 사람만 이해할 수 있어. 이 알고리즘이 왜 멋진지 알아? 별을 그리는 게 거북이 그리는 거랑 같기 때문이야."

"그렇지만 거북이랑 별은 달라요!"

"어떻게 되는지 보여 줄게! 거북이를 그려 볼래?"

위고가 펜을 건넸다. 나는 태블릿에 그려도 되는지 물어보았다. 위고는 그러라고 했다. 거북이를 그리기 시작하는데 옆에서 클로에가 얘기 좀 하자고 아빠의 소매를 끄는 게 보였다. 아빠와 클로에는 주방으로 간 뒤에 목소리를 낮춰서 얘기했지만, 나는 두 사람이 서로에게 화가 났다는 걸 알 수 있었다. 위고는 내가 아빠와 클로에의 말싸움에 조금 정신이 팔린 걸 알아챘다. 내 어깨에 손을 얹고 미소를 지으며 다시 그림에 집중하라고 눈짓했다.

위고가 말했다. "아빠랑 클로에는 그냥 '의견 교환'을 하는 거야. 연인들은 늘 의견 교환을 해. 그런 의견 교환이 상황을 좋게 만들지."

'그렇지만 이별로 이어질 수도 있지. 엄마와 아빠가 그랬던 것처럼.'

그래도 나는 나쁜 생각을 지우고 다시 거북이를 그렸다.

거북이를 다 그리자, 위고가 말했다.

"아주 예쁘게 잘 그렸네! 자, 거북이를 봐. 이렇게 각 끝을 이어

보면 선이 다섯 개고, 각진 곳도 다섯 개지? 이걸 사물의 형태를 연구하는 기하학에서 뭐라고 부르는지 아니?"

나는 고개를 가로저었다.

"오각형이야."

위고는 노트북에 오각형을 띄워서 보여 주더니, 나에게 똑같이 그려 보라고 했다. 위고는 내가 그린 오각형을 거북이 그림 위에 놓으라고 했다. 그다음에는 삼각형 두 개를 그려서 '오각 거북이' 위에 올려 보라고 했다. 그래서 그렇게 했다. 거북이 위에 갖가지 형태가 올라갔다! 위고가 내 태블릿을 잠시만 쓰겠다고 했다. 나는 태블릿을 주기 싫었다. 누구한테도 쓰게 한 적이 없다. 위고는 내 마음을 알아채고 말했다.

"이해해. 나한테 만년필로 글을 쓰는 작가 친구가 한 명 있는데, 그 친구는 자기 만년필을 다른 사람이 절대 못 쓰게 해. 그 만년 필 촉은 자기 글씨에 딱 맞게 모양이 잡혀 있는데 다른 사람이 쓰면 그게 망가진대. 너도 태블릿에 그런 마음이지?"

내가 고개를 끄덕였다.

위고는 주소를 알려주며 내가 그린 것을 이메일로 보내라고 하고, 자기 태블릿을 가방에서 꺼냈다. 내가 거북이와 도형들을 보내자, 위고는 삼각형, 오각형, 거북이의 꼭짓점들에 공식을 더하고 버튼을 눌렀다. 그러자 오각형과 삼각형들이 합쳐져, 열두 면이 있는 도형이 화면에 떠오르더니 별이 됐다!

"멋져요! 어떻게 한 거예요?"

"위고 씨는 천재니까." 그 말을 한 사람은 아빠였다. 아빠가 거실로 돌아와 있었다. 클로에도 아빠 뒤에 있었다.

위고가 말했다. "저는 제가 천재라고 생각하지 않아요."

아빠가 말했다. "겸손하시니까요."

클로에가 얼굴을 찌푸렸다. 아빠가 계속 말을 이었다.

"클로에가 이 큰 프로젝트를 왜 위고 씨랑 같이 진행하는지는 충분히 알겠네요. 두 사람 모두한테 부와 명성을 가져올 테니까요."

위고가 일어섰다. 그러더니 클로에한테 말했다. "이제 회의하러 가는 게 좋겠어."

클로에가 아빠를 째려보며 말했다. "그래, 좋은 생각이야."

내가 위고한테 말했다. "그 별을 받을 수 있을까요?"

위고가 말했다. "당연하지! 지금 당장 보낼게."

땡 소리가 나고 별이 내 태블릿 화면에 나타났다.

내가 말했다. "제일 멋진 별이에요!"

클로에가 위고를 보고 미소 짓더니 나한테 물었다. "내가 그린 별보다 멋있어?"

"둘 다 좋아요. 침대에 그려 주신 별은 색이 더 화려해요. 이 별은 기……."

그 단어가 갑자기 생각나지 않았다. 위고가 도와줬다.

"기하학을 썼지."

"맞아요!" 그리고 아빠를 바라보며 말했다.

"기하학이야! 정말 멋지지, 아빠?"

"아이고 정말 그러네."

아빠의 말투에 클로에가 얼굴을 더 찌푸렸다.

클로에가 말했다. "나는 회의하러 다녀올게."

나는 위고에게 말했다. "별 만드는 걸 다음에 더 볼 수 있어요?"

위고가 말했다. "그럼! 나도 오로르한테 알고리즘을 더 보여 주고 싶어."

두 사람이 나간 뒤에 아빠가 말했다.

"오로르한테 새 팬이 생겼네."

"위고 아저씨는 완전 끝내줘."

"요즘 그 말을 너무 자주 쓰는구나. 계속 '끝내준다'는 말만 하면 안 끝내줘."

아빠는 그렇게 말한 뒤에 갑자기 움찔하며 고개를 가로저었다.

아빠가 말했다. "미안해, 미안해. 내가 나쁘게 말했네."

나는 아빠의 눈에서 생각을 읽었다.

'계속 이러다가는 클로에를 밀어내게 돼. 위고는 그냥 친구일 뿐이라고 클로에가 계속 말하잖아. 클로에가 계속 그렇게 말하는 건, 내가 위고를 계속 신경 쓰기 때문이야. 내가 왜 이렇게 한심하게 굴지?'

나는 아빠를 한참 뚫어져라 보았다. 그리고 태블릿에 쓴 글을 아빠한테 내보였다.

"아빠, 질투해????"

아빠, 질투해????

★

월요일 아침, 학교에 가는 길에 에밀리 언니가 나한테 물었다.

"엄마한테 무슨 일 있어?"

"왜 그런 걸 물어 봐?"

"요즘 맨날 웃고 있으니까."

"엄마는 항상 웃잖아."

"요즘은 멍청하게 웃어. 그리고 거울도 계속 봐. 머리를 계속 쓸어 넘기고."

"그냥 기분이 좋은 거겠지."

"남자를 만났거나."

나는 고개를 갸웃한 뒤에 말했다.

"언니는 어때?"

"말 돌리지 마. 너 알지? 그렇지?"

"뭘 알아?"

"엄마한테 애인 생긴 거. 엄마가 나한테는 말 안 하고 너한테만 했겠지. 내가 자기를 미워한다고 생각하니까."

"엄마가 언니 걱정을 많이 하지."

"난 요즘 아무 일에나 다 화가 나. 너도 열네 살이 되면 알걸. 아, 맞다. 너는 안 그럴지도 모르겠네. 넌 아주 특별하니까."

"내가 미워? 태블릿으로 말하는 동생이 있다고 학교에서 놀림을 당한 것 때문에?"

언니가 걸음을 멈추고 내 어깨를 잡았다.

"그래, 네가 말을 못한다고 못된 애들이 나를 괴롭혔어. 그렇지만 나는 걔들이랑 싸웠어. 걔들한테 확실하게 못 박았어. 너희는 너희랑 다른 사람을 보면 두려운 거라고. 그 알량한 무리에 끼지 않는 사람을 미워하는 것뿐이라고."

"나를 위해서 싸운 거야? 정말 멋져. 고마워."

"나는 남을 괴롭히는 애들이 싫어. 그렇지만 네가 학교에 다니기 시작하면 이런 일이 생길 줄 알고 있었어. 그런 애들은 네가 장애인인 걸 붙잡고 늘어질 게 뻔하니까."

내가 말했다. "나는 장애인이 아니야!"

"내가 무슨 뜻으로 한 말인지는 너도 알잖아."

"자폐는 장애가 아니야! 세상을 보는 방식이 다른 것뿐이야!"

"알았어, 알았어. 그 말은 절대로 안 쓸게."

내가 말했다. "걔들이 언니를 계속 괴롭히면 나도 언니 옆에서 같이 싸울게."

"걔들은 네가 똑똑하다고 시비를 걸 거야."

"나는 이길 수 있어."

"낮이나 밤이나 괴롭힘을 당하면 못 그럴걸. 나는 이 학교로 전학 온 다음부터 계속 당하고 있어."

"우리를 건드려도 소용없다는 걸 알아차리게 만들 전략을 세워야 해. 그런데 언니는 지금 상처를 많이 받은 것 같아."

언니의 입술이 굳었다. 내가 아픈 곳을 건드렸나 보다.

언니가 물었다. "무슨 뜻이야?"

"그냥, 언니가 기분 상한 것처럼 보인다고. 뭣 때문인지, 누구 때문인지……."

"어디서 들었어?"

"어디서 들은 거 아니야."

"엄마가 뭐라고 했어?"

"아무 말도 안 했어."

"이제는 거짓말을 하네."

맞다. 나는 언니의 질문에 제대로 대답하지 않고 있었다. 그렇지만 내가 엄마한테서 들은 말을 언니한테 들려주면, 엄마랑 맺은 약속은 깨진다. 비밀은 지키기 어렵다. 누가 나한테 비밀을 들려준 뒤에 '이건 절대 비밀이야. 다른 사람들한테는 말하면 안 돼.' 하고 부탁하면, 그때부터 벌써 말이 안 된다. 이미 입 밖에 나온 비밀은 더는 비밀이 아니니까.

"언니, 나는 그냥 언니가 요즘 행복하지 않은 게 보여서……."

"나는 행복한 적이 없어! 행복하고 싶지도 않아! 나는 사람들한테 관심을 받고 싶어……. 너처럼!"

"언니도 관심을 끄는 사람이야."

"나는 아무 재능도 없어. 미술도 글쓰기도 운동도 노래도 못해. 독특한 방식으로 세상을 보지도 못해."

"언니는 친구한테 잘하잖아!"

"그건 재능이 아니야."

나는 아무 재능도 없어.
나는 사람들한테 관심을 받고 싶어······.

"아니, 재능이야. 또, 언니는 이야기를 잘 짓잖아. 내가 태블릿도 없고 말을 못할 때에 언니가 인형으로 나한테 재밌는 얘기를 들려줬잖아."

"그걸 기억해?"

"당연하지!"

"아무 반응도 없으니까 네가 못 듣는 줄 알았어."

"다 들었어. 아주 좋았어. 아름다운 얘기였어. 그리고 내가 세상과 어울리지 못할 때에 언니가 나랑 대화하려고 애쓰는 모습이 아름다웠어."

언니가 걸음을 멈추고 갑자기 나를 꼭 껴안았다.

"그렇게 말해 줘서 정말 고마워!"

"그냥 사실을 말했을 뿐이야. 언니가 요즘 화가 많이 나 있지만, 나는 언니가 얼마나 좋은 사람인지, 나한테 얼마나 좋은 언니인지 잘 알고 있어."

언니가 눈물을 참으며 고개를 끄덕였다. 언니는 손목시계를 보고, 이러다가 1교시에 늦을 수도 있겠다며 얼른 가자고 했다. 학교까지 가는 내내 언니는 내 손을 잡고 있었다. 정말 좋았다. 우리가 더 어릴 때에는 언니가 내 손을 잡아 주었지만, 언니가 사춘기에 접어든 뒤로는 나랑 같이 다니는 걸 꺼렸다. 물론 언니가 내 손을 잡고 나를 이끌어야 할 필요는 없다. 나는 혼자서도 잘 갈 수있다! 그래도 언니가 내 손을 잡아 주는 게 좋았다. 학교 정문에 도착하자 언니가 나를 보며 말했다.

"그래, 네 말이 맞아. 화나는 일이 있어. 내가 요즘 어떤 남자애를 무지 좋아해. 마티유라는 애야."

나는 고개를 끄덕였다.

"마티유는 나한테 나를 정말 좋아한다고 했거든. 그런데 우리 반에 있는 다른 여자애랑 만나는 거야. 그걸로 끝이 아니야. 공원에서 걔랑 키스했대!"

"너무해! 언니는 더 나은 사람을 만나야 해."

그렇게 태블릿에 쓰면서 생각했다. '엄마한테서 마티유 얘기를 를 들었을 때에도 내가 똑같은 말을 하지 않았나?'

언니가 말했다. "마티유 때문에 정말 마음이 아파."

"당연히 그렇겠지! 그래도 더 좋은 사람이 반드시 나타날 거야."

"이제 아무도 만나기 싫어! 사랑은 너무 괴로워!"

내가 물었다. "사랑에 빠졌어?"

"내가 언제 그렇게 말했어? 말도 안 되는 소리 하지 마!"

"알았어, 알았어. 언니는 그런 말 안 했어." 그렇지만 나는 생각했다. '왜 사람들은 자기가 먼저 한 말을 다른 사람의 입으로 들으면, 자기가 언제 그런 말을 했느냐고 하지?'

그 질문은 언니한테 하지 않는 게 좋겠다고 생각했다. 언니는 마티유를 사랑한다는 사실을 인정하지 않으려 하니까.

"엄마한테는 절대 말하면 안 돼. 약속하지?"

이제 또 다른 비밀이 생겼다! 사실은 두 가지가 똑같은 비밀이다. 이번에는 엄마가 아니라 언니가 비밀을 지키라고 하는 것만 다를 뿐이다. 가족이란 정말 이상해!

나는 언니한테 말했다. "걱정하지 마. 나는 비밀을 잘 지켜!"

조지안느 선생님은 오늘 아침에 아기 때문에 병원에 갔다. (일급 비밀이다!) 그래서 나는 혼자 교실에 들어갔다. 담임 선생님은 수업 시작 전에 나한테 와서 혼자 수업을 받아도 괜찮은지 물었다. 나는 괜찮다고 말했다. 교실에 들어갔을 때 옆자리 자클린느는 내가 자리로 가는 것을 보고 부끄러워하며 고개를 돌렸다. 금요일에 받은 편지와 같은 글씨체의 편지 봉투가 내 자리에 놓여 있었다. 이번에는 봉투에 별 그림이 없었다. 그냥 내 이름과 그 옆에 작은 하트가 있었다. 나는 봉투를 열었다.

오르르에게.

금요일에 네가 받은 아주 못된 편지를 내가 직접 썼다는 사실 때문에 주말 내내 마음이 무거웠어. 내가 잘못했어. 아주 나쁜 짓이었어. 주말은 아빠 집에서 보냈는데, 아빠랑 그 일을 이야기했어. 아빠는 엄마랑 이혼하고 다른 사람이랑 살고 있어. 아빠는 내 마음이 가벼워질 방법은 너한테 사과하는 것뿐이래. 미안해. 사과할게. 네가 받아 주면 좋겠어. 아빠는 내가 내 잘못을 다른 사람들 탓으로 돌리면 안 된다고 했어. 내가 내린 결정에 대해서는 내가 책임을 져야 한대. 그래, 맞아. 내가 예쁜 글씨로 학교에서 상을 받았기 때문에 아이들이 나한테 내용을 부르면서 그대로 글을 쓰라고 시켰지만, 애들이 시키는 대로 한 건 내가 선택한 거야. 그리고 정말 잘못된 행동이었어.

오르르, 네가 나랑 다시는 말하기 싫다고 해도 이해해. 그렇지만 너한테 용서를 받고 싶어. 너랑 친구가 되고 싶어. 네가 우리 집에 놀러 오면 좋겠어.

너의 친구 자클린느가.

편지를 다 읽고 나는 환하게 웃었다. 일어서서 자클린느 옆으로 갔다. 자클린느는 겁내며 몸을 돌렸다. 나는 자클린느의 어깨를 톡톡 치고 말했다.

"이렇게 다정한 편지는 처음이야! 넌 정말 멋져! 실수한 걸 알았을 때 사과하는 건 언제라도 제일 좋은 일이야. 누구나 실수할 때가 있어. 누구나 다른 사람들의 꾐에 넘어가서 잘못된 일을 할 때도 있어."

나는 자클린느의 눈에서 생각을 읽었다. '그렇지만 오로르는 나처럼 다른 사람들의 꾐에 넘어가서 나쁜 일을 하지 않겠지. 오로르는 사람들이랑 어울리려고 애쓰지 않을 테니까.'

아니, 나는 모두랑 잘 어울리고 싶어! 나는 자클린느에게 그렇게 말하고 싶었다. 하지만 그렇게 하면 자클린느는 내가 자기 생각을 읽을 수 있다는 걸 알아챌지도 모른다. 그래서 나는 다른 말만 했다.

"이번 주에 너희 집에 가서 놀아도 돼?"

"먼저 엄마한테 허락은 받아야 해. 엄마는 파리에서 일하고 늦게 올 때가 많아. 그렇지만 매일 내 계획을 엄마한테 말하라고 해. 그리고 집에 친구를 데려오려면 먼저 허락을 받아야 해."

"마지막으로 집에 누굴 데려간 게 언제야?"

자클린느가 다른 곳을 보며 말했다.

"작년. 나탈리가 왔었어. 나탈리는 아버지가 싱가포르로 일하러 가야 해서 여길 떠났어. 그 뒤로는……."

자클린느가 고개를 가로저은 뒤에 말을 이었다.

"친구가 없어. 나는 애들이랑 맞지 않나 봐."

"아니, 그렇지 않아. 우리 반을 자기들 마음대로 휘두를 수 있다고 생각하는 몇몇 애들이랑 안 맞을 수는 있지. 그리고 이제 너한테는 새 친구가 있잖아. 나!"

우리 반에서 문제를 일으키는 아이들의 대장은 아나이스라는 작은 여자애다. 나보다도 작았다. 아나이스는 늘 얼굴을 찌푸리고 있었다. 그 무리 아이들은 다섯 명이고, 몰려 있지 않을 때에는 모두가 아주 불안해 보였다. 다섯 명 중 한 명만 길에서 보거나 학교 복도에서 마주치면 항상 어쩔 줄 모르는 모습이었다. 그런데 다섯 명이 함께 있을 때에는 아무한테나 겁을 줬다. 내 언니의 친구인 루시 언니가 행방불명되도록 루시 언니를 괴롭힌 잔혹이들의 대장은 도로시였는데, 아나이스는 도로시처럼 앞에 나서서 무리를 이끌지도 않았다. 아나이스는 아이들한테 못된 말을 하지도 않았다. 오히려 아주 조용했다. 아나이스는 다른 네 아이들이 나쁜 일을 하게 만들었다. 목소리를 높이지도 않고, 무리의 아이들한테 귓속말로 명령했다. 늘 아주 차가운 미소를 지었다. 자기 명령 하나에 다른 아이들이 벌벌 떠는 모습을 보는 게 즐겁다고 과시하는 미소였다.

내가 자클린느의 감동적인 편지를 읽고 자클린느를 껴안을 때, 아나이스가 나를 한참 노려보았다. 다투던 사람들이 화해하면, 그 모습을 보고 괜히 화내는 사람이 있다. 사람들 사이에 싸움을 일으키고 서로 상처를 주게 만드는 걸 자기의 권력, 힘이라고 여기던 사람은 그 힘이 사라지면 몹시 화를 낸다. 내 자리로 돌아왔는데, 아나이스는 계속 나를 노려보고 있었다. 이제 나를 사냥감으로 정한 것 같았다. 나는 아나이스의 눈에서 생각을 읽었다.

아나이스

아나이스는 계속 나를 노려보고 있었다.

이제 나를 사냥감으로
정한 것 같았다.

착한 사람이 되는 게 두려워?

'자클린느랑 친구가 될 수 있을 것 같아? 내가 그렇게 놔둘 것 같아? 누구라도 너랑 친해지게 그냥 놔둘 것 같아?'

나는 태블릿에 재빨리 글을 썼다. 그리고 아나이스가 볼 수 있게 태블릿을 들었다.

"착한 사람이 되는 게 두려워?"

아나이스는 내 글을 보고 깜짝 놀랐다. 내가 맞는 말을 했기 때문이다. 그러나 아나이스의 놀란 얼굴은 금세 딱딱하게 굳었다. 아나이스의 네 친구도 내 글을 읽고 놀랐지만, 놀란 표정을 드러냈다가는 아나이스의 화를 돋울 게 분명하니까 애써 감추고 있었고, 그러자 아나이스의 표정은 더 심하게 굳었다.

이제 아나이스는 나를 완전히 적으로 생각했다. 그리고 손가락으로 나를 가리켰다.

나는 아나이스의 생각을 읽었다.

'가만두지 않겠어.'

★

삐!

태블릿에 메시지가 왔다. '주베 형사님이다!'

오로르, 안녕?

학교에 잘 다니고 있지? 학교생활이 힘들 수도 있지만 너라면 잘 해
내리라 믿어. 그리고 오늘 학교 마치고 가는 길에 경찰서에 들를 수 있
니? 네 도움이 필요해.

'주베 형사님은 내가 학교에 잘 다니는지 어떻게 아셨지? 아, 형
사니까! 그리고 학교생활이 힘들 수도 있다고 말하는 걸 보니, 형
사들도 학교에 다닐 때는 힘든가 봐. 그래도 주베 형사님은 그런
힘든 일들을 잘 이겨내는 법을 알아냈겠지. 그러니까 어른이 돼서
뛰어난 형사가 됐지. 나는 그런 분의 부관이야! 그리고 주베 형사
님이 새 사건을 맡아서 내 도움을 바라고 있어!'

조지안느 선생님한테서도 문자 메시지가 왔다. 병원에서 진찰

을 잘 받았고, 아기는 잘 자라고 있다고 했다. 그렇지만 지금은 몸이 좀 좋지 않다고 했다. 아침이면 구역질이 나는데, 아기를 가지면 누구나 그렇다고 한다. 조지안느 선생님이 문자 메시지로 말했다. '오늘은 오후에 데리러 가기 힘들겠어. 수업 마친 뒤에 혼자 집에 갈 수 있겠니?'

나는 곧장 조지안느 선생님한테 답장을 보냈다. 혼자서도 수업을 잘 들을 수 있고, 집에 혼자 걸어가는 것도 걱정하지 말라고 했다. (언니는 학교 수업을 마친 뒤에 무용 레슨을 받는다.) 아나이스의 눈 밖에 났다는 말은 하지 않았다. 조지안느 선생님한테 걱정을 끼치기 싫었다. 구역질이 나고 몸이 힘든데 내 걱정까지 더할 수는 없지! 나는 엄마한테도 문자 메시지를 보내서, 수업을 마친 뒤에 경찰서에 다녀오겠다고 말했다.

엄마의 답장이 왔다.

주베 형사님을 만나러 가는 거지? 경찰서에 너무 오래 있지 마. 내가 퇴근하고 집에 가면 5시 반이고, 이후에는 경찰서로 데리러 갈 수 있으니까 필요하면 연락해. 그렇지만 되도록 5시 반 전에는 집에 오도록 해.

학교에서 경찰서까지는 10분 거리다. 거리에서 집 없는 사람과 마주쳤다. 그 사람은 돈을 구걸했다. 젊지만 몹시 슬퍼 보였다. 그 옆에는 개가 있었다. 개는 나를 보며 웃었지만, 몹시 배고픈 얼굴이었다. 나는 집에서 토요일마다 진공청소기로 바닥을 다 청소

거리에서 집 없는 사람과 마주쳤다.
정지만 몹시 슬퍼 보였다.

하고 탁자들을 다 닦고 엄마가 빨래한 옷들을 전부 다림질하는 일을 했다. 그러면 엄마가 10유로를 준다! 나는 다리미질을 정말 잘한다. 정리도 잘한다. 내 책상도 항상 깔끔하게 정리한다. 방에 있는 책은 모두 알파벳순으로 꽂아 둔다. 옷은 전부 단정하게 접는다. 그림 그릴 때 쓰는 색연필들은 밝은색부터 어두운색까지 순서대로 정리한다. 언니는 모든 걸 정리하는 내 버릇을 두고 자폐와 상관있다고 말하곤 했다. 지난주에는 엄마가 그 말을 듣더니 언니한테 몹시 화를 내며 얼른 나한테 사과하라고 말했다. 언니는 자기 방으로 휙 들어가 버렸다. 엄마가 언니 방문을 쾅쾅 두드리며 당장 사과하지 않으면 주말 동안 외출 금지라고 말했다. 몇 분 뒤에 언니는 방에서 나왔다. 부루퉁한 얼굴로 나한테 정돈하는 것과 자폐가 상관있다고 말해서 미안하다고 사과했다.

내가 언니한테 말했다.

"사과는 받을게. 그런데 내가 정리하기를 좋아하는 건 깔끔하게 정리하면 세상을 살아가기가 훨씬 편하기 때문이야."

"나한테 보란 듯이 하는 거겠지. 나는 엉망으로 어지르니까!"

"언니 방만 좀 그렇지. 언니도 토요일마다 나랑 청소하잖아. 언니가 주방을 얼마나 잘 청소하는지 언니도 잘 알잖아."

"나는 돈 때문에 하는 것뿐이야. 엄마가 돈을 주니까. 그리고 늘 그렇지만 너는 더 쉬운 일만 맡잖아! 나는 주방만 청소하는 게 아니라 욕실도 해야 해!"

"다음 주에는 바꿔서 해. 언니가 하던 일을 내가 하고, 언니는 내가 하던 걸 하고."

"나는 다림질이 싫어!"

언니는 어질러진 자기 방으로 휙 튀어가서 문을 쾅 닫았다.

다시, 길에서 만난 집 없는 사람의 이야기로 돌아가면, 그 사람은 돈을 달라고 손을 내밀고 있었고 개는 정말로 먹을 게 필요해 보였다. 나는 지난 토요일에 엄마한테 받은 10유로를 생각했다. 내 주머니에는 3유로가 있고, 집에 가면 먹을 것도 있다. 따뜻한 물에 목욕할 수도 있고, 포근한 침대에서 잠잘 수도 있다. 하지만 눈앞의 이 사람한테는 아무것도 없다. 나는 주머니에서 3유로를 꺼내 그 사람의 손에 올려놓았다. 그 사람의 눈이 휘둥그레졌다.

"이런 돈이 어디서 났니?"

"제가 벌었어요."

"일하기에는 너무 어린걸!"

"엄마를 도와서 집안일을 해요."

"항상 그렇게 글을 써서 대화하니?"

"네, 저는 글자로 말해요!"

"특이하네! 그렇지만 너처럼 어린아이 돈은 받을 수 없어."

"어리지 않아요. 열한 살이에요!"

"열한 살한테 3유로는 큰돈이야."

"아저씨랑 개를 돕고 싶어요."

"참 친절하구나."

"조지안느 선생님이 친절에는 끝이 없대요."

"맞는 말이야. 정말 고맙다. 너의 친절을 잘 받을게."

"아저씨가 더 잘되시면 좋겠어요."

"나도 그러면 좋겠어."

경찰서에 도착하자, 안내 데스크에 있던 경찰관이 말했다.

"오로르 맞지? 주베 경위님의 부관?"

"네, 저예요."

'주베 형사님은 경위님이구나. 나도 이제부터는 주베 경위님이라고 불러야지.'

"어서 와! 나는 자니코라고 해. 이제 얼굴을 촬영하고 지문을 찍을게. 언제라도 경찰서를 오갈 수 있게 경찰 신분증을 만들어 줄거야. 밖에서도 그 신분증만 내밀면 누구한테든 경찰 업무를 보고 있다고 알릴 수 있을 거야."

'내 경찰 신분증이 생겨! 정말 멋져!'

나는 자니코 경관이 찍은 내 사진을 잘 살펴보았다. 경찰 업무를 하려면 뭐든 잘 살펴봐야 한다! 사진을 찍은 뒤 경관은 버튼을 몇 번 더 누르고 작은 기계에 사진을 넣었다. 내 신분증이 나왔다!

'와! 딱딱하게 코팅도 돼 있어. 악당을 쫓다가 땅에 떨어뜨려도 망가질 걱정이 없어! 경찰 신분증이라니, 정말 자랑스러워! 아주 잘 가지고 다녀야지!'

주베 경위가 나타났다.

"오로르, 정말 반갑네! 자니코 경관한테 신분증을 받았구나. 이제 오로르는 공식적으로 경찰이야! 다른 형사들도 만나야지. 전에 이제 얼굴을 촬영하고 지문을 찍을게.

내 경찰 신분증!

네가 루시 실종 사건을 해결한 뒤에 몇 명은 만나 봤지? 네가 못 본 형사들도 있어. 모두가 너를 보고 싶어 해."

나는 '끝내주네요!' 하고 말하려다가 멈췄다. 이제 공식적으로 주베 경위의 부관이 됐으니까 '끝내준다'라는 말은 쓰지 말아야지.

주베 경위를 따라 어떤 방으로 이동했다. 커피 만드는 기계, 책상들, 의자들, 음료수와 과자가 들어 있는 자판기가 있는 방이었다. 거기에서 권총띠에 권총을 찬 사람이 노트북 자판을 마구 두드리고 있었다.

주베 경위가 말했다. "이쪽은 파야르 형사야. 여기는 오로르 부관."

파야르 형사가 나한테 말했다. "귀여운 아이네. 다른 형사들한테서 얘기는 들었어. 사람 마음을 아주 잘 읽는다며? 하지만 나는 안 믿어."

나는 파야르 형사의 어깨를 톡톡 두드리고 태블릿을 내보였다.

"형사님은 저를 보면서, 왜 내 딸 엠마는 절대 웃지 않을까 하고 생각하셨죠? 형사님은 이혼하셨고, 전남편은 최근에 다른 부인이랑 아기를 낳았고요. 엠마는 아빠가 새로 태어난 아기한테만 관심을 쏟는다고 불평하죠?"

파야르 형사는 넋이 나간 얼굴로 나를 뚫어져라 보았다. 그리고 주베 경위에게 말했다.

"누가 애한테 내 얘기를 들려줬어요?"

마음을 읽는다며? 하지만 나는 안 믿어.

누가 얘한테 내 얘기를 들려줬어요?

주베 경위가 말했다. "누가 그러겠어?"

파야르 형사가 나한테 물었다. "내 얘기를 어떻게 다 알았어?"

나는 나의 신비한 능력을 설명했다. 주베 경위는 전에 다른 형사들도 나를 직접 만나기 전까지는 내 능력을 의심했다고 말했다.

파야르 형사가 말했다. "내가 완전히 오해했네."

"그렇지만 경찰서 바깥에서는 비밀이야. 오로르가 사람들 생각을 읽을 줄 아는 건 오로르의 부모님도 몰라."

파야르 형사가 말했다. "비밀은 당연히 지키죠. 이제 오로르도 같은 경찰인걸요. 그럼 지금 당장 오로르한테서 도움을 받아도 될까요?"

주베 경위가 차를 멈추는 교통경찰관처럼 손을 쳐들었다.

"오로르가 직접 상황을 파악하기 전까지는 아무것도 말하지 않는 게 좋겠어."

내가 물었다. "어떤 상황인데요?"

주베 경위가 말했다. "조금만 기다려. 곧 새로운 사건을 맡게 될 테니까."

★

새 사건에 대해 듣기 전에 멜빌 형사를 만났다. 멜빌 형사는 마른 몸에 턱수염을 기르고 작고 동그란 안경을 꼈다. 계속 초조한 표정으로 계속 생각하고 생각하고 또 생각하고 계속 손톱을 물어뜯었다. 경찰서에서 멜빌 형사의 별명은 '교수님'이었다. 사건을 샅샅이 살펴보지 않을 때면, 항상 책 속에 묻혀 있기 때문이다. 나를 만났을 때에는 루소라는 작가의 책을 읽고 있었다.

멜빌 형사가 말했다. "아, 네가 그 유명한 오로르구나. 너도 책 좋아하지?"

"네, 정말 좋아해요. 조지안느 선생님 덕분에 요즘은 태블릿이 아니라 종이로 된 책을 읽고 있어요."

"좋은 선생님이시네! 누구나 항상 책을 가까이해야 해. 전자책을 읽는 것도 괜찮지만, 종이에 인쇄된 글을 읽는 건 또 달라. 종이책은 아름답기도 해. 나는 그때그때 읽고 있는 책을 항상 가지고 다녀. 다 읽은 책들은 내 아파트 책장에 꽂아 두는데, 책장을 보면 흐뭇해. 언제라도 책을 다시 꺼내 볼 수 있는 나만의 도서관이 있으니까. 그리고 책을 하나하나 보면, 그걸 읽을 때 내가 어떤 상황이었는지 떠올릴 수 있어. 이 작가를 아니?"

멜빌 형사가 책을 쳐들었다. 아주 오래된 가죽 표지로 싸여 있는 책이었다.

"책이 정말 아름다워요!"

엘빌 형사의 별명은 '교수님'이다. 책을 정말 좋아한다.

"우리 할아버지 책이야. 내가 형사가 됐을 때 선물로 주셨어."

"루소라는 사람이 범죄자였어요?"

"왜 그렇게 생각했니?"

"제목이 《고백록》이라서요. 죄를 지었나요? 그래서 고백했나요?"

"루소는 철학자야. 철학자는 인생을 어떻게 살아야 하는지 생각하고 글로 쓰는 사람이지. 루소는 자기가 살아오면서 겪은 일들을 글로 써서 우리 모두가 겪는 문제를 표현했어. 특히 루소는 모두가 고민하는 문제인 '의심'에 아주 관심이 많았어. 사람은 누구나 의심을 품어. 특히 자기 자신에 대해서 의심을 갖지. 우리는 질문을 던져. 내가 지금 일을 제대로 하고 있나? 다른 사람들이 나를 좋아할까? 우리 같은 형사들한테 의심은 눈에 보이는 것 너머에 의문을 던지는 것이기도 해. 그리고 세상사가 흑과 백으로 딱 나누어지지 않는다는 걸, 회색일 때가 훨씬 많다는 걸 이해하는 것이기도 하지. 루소가 자주 쓰는 말이 있어. '내가 아는 것이 무엇인가?' 똑똑한 사람이라면 항상 그 질문을 자기 자신한테 던져야 해. 우리는 정말이지 아는 게 적으니까."

주베 경위가 웃으며 나한테 말했다. "이제 왜 멜빌 형사의 별명이 교수님인지 확실히 알겠지?"

나는 멜빌 형사한테 말했다. "방금 들려주신 걸 정말로 더 배우고 싶어요."

"독서 목록을 줄 수도 있어. 경위님이 허락하시면 오로르가 일할 때 내가 옆에서 도울 수도 있어. 오로르 네 능력에 대해서는 벌써 다 들었단다.”

“신비한 능력이죠! 주베 경위님만 좋다고 하시면, 저도 멜빌 형사님이
랑…….”

나는 주베 경위를 슬쩍 보았다. 그러면서 파야르 형사가 멜빌
형사를 의심의 눈초리로 보는 것도 알았다. 파야르 형사의 생각이
보였다.

‘자기가 아주 영리한 줄 알지? 우리보다 똑똑한 줄 알지? 맨날
책 얘기만 하고……. 잘난 체가 하늘을 찔러.’

파야르 형사의 생각을 읽고 있을 때, 뒤에서 다른 사람의 목소
리가 들렸다.

“파야르, 심술 그만 부려.”

우리 엄마 또래로 보이고 아주 명랑한 느낌을 주는 사람이었다.
몸집이 크고, 불을 붙이지 않은 담배를 물고 있었다.

파야르 형사가 말했다. “내가 언제 심술을 부렸다고 그래? 맨날
잔소리를 안 하면 직성이 안 풀리지?”

“넌 교수님이 너보다 똑똑해 보일 때마다 못 참고? 다 보여.”

“아, 너도 눈을 보면 생각을 읽을 수 있나 보네?”

“아니, 그런 능력은 오로르한테 있지. 나는 아니고.”

그리고 그 사람은 나한테 악수를 청하더니 내 손을 꽉 잡고 인
사했다.

“나는 쿠타르야. 이제 너도 우리 동료니까 친하게 지내자. 나는
여기 있는 이 파야르처럼 꽉 막힌 사람은 아니니까.”

내가 태블릿에 적었다. "파야르 형사님은 아주 좋은 분인걸요."

파야르 형사가 나한테 말했다. "고마워, 오로르." 그리고 쿠타르 형사한테 말했다. "봤지? 네가 날 나쁘게 몰아간다고 사람들이 다 넘어가는 건 아니야."

"너야말로 사람들을 몰아가. 그 수동공격적인 태도로."

나는 멜빌 형사한테 물어보았다.

"교수님, 수동공격적이라는 게 뭐예요?"

"밝고 평범한 척하지만 동시에 아주 못되게 구는 거야."

학교에 있는 그 아이들 같은 거구나!

파야르 형사가 말했다. "나는 못된 사람 아니야."

쿠타르 형사가 말했다. "너는 그렇게 생각하겠지!"

주베 경위가 말했다. "자, 이제 그만! 오로르가 새 동료로 왔는데, 우리가 싸우기만 한다고 생각하겠어. 지금 심각한 사건이 눈앞에 있어."

파야르 형사가 말했다. "맞아요. 사건이 중요하죠. 쿠타르나 멜빌이 나를 어떻게 생각하건 상관없어요. 오전에 두 시간 동안 심문했는데, 걔가 범인인 게 100퍼센트 확실해요."

멜빌 형사가 말했다. "100퍼센트 확신이라니, 부럽네. 그렇지만 아까 오로르한테도 말했듯이……."

"아, 그래, '흑이나 백으로 분명히 나뉘는 건 없다'는 그 주장?"

쿠타르 형사가 말했다. "글쎄, 모든 게 흑 아니면 백이라고 생각하는 사람은 파야르뿐인걸."

나는 쿠타르야. 친하게 지내자.

오르르, 경찰에 합류한 걸 환영한다.

주베 경위가 말했다. "오로르, 늘 이런 식으로 대화하는 경찰에 합류한 걸 환영한다."

나는 학교를 생각했다. 자기가 다른 사람들보다 뛰어나다고 증명하려 애쓰는 아이들, 다른 사람 때문에 자기가 부족한 기분이 든다고 그 사람한테 화내는 아이들. 사람들은 항상 서로 싸우나? 세상일은 항상 이렇게 돌아가나?

쿠타르 형사가 물었다. "오로르는 언제 용의자를 만나죠?"

내가 말했다. "용의자를 만나요?"

주베 경위가 말했다. "용의자 이름은 델핀 라르티고야. 아주 심한 범죄를 저지른 혐의로 지금 체포돼 있어."

"얼마나 심한 범죄인데요?"

"집에서 아주 값비싼 물건들을 훔쳤어. 그리고 델핀을 절도죄로 신고한 델핀의 새엄마가 지금 행방불명이야."

나는 루시 언니가 괴롭힘을 당한 뒤에 행방불명됐던 일을 떠올리며 물었다. "어디론가 도망쳐서 숨었을까요?"

주베 경위가 말했다. "그쪽으로도 수사를 했어. 그런데 델핀의 새엄마한테 아주 나쁜 일이 일어난 게 아닐까 걱정되기 시작해. 수사를 하면서 알게 됐는데, 그 새엄마가 그다지 좋은 사람은 아니었어. 델핀을 학대한 것 같아. 우리 생각으로는, 델핀이 참고 참다가……."

주베 경위는 말을 끝맺지 않았다. 그럴 필요도 없었다. 말이 없어도 아주 나쁜 일을 이야기하는 게 분명했다.

멜빌 형사가 말했다. "델핀은 자신은 잘못한 게 없다고 주장하고 있어."

파야르 형사가 말했다. "거짓말이야."

쿠타르 형사가 말했다. "겁먹었거나."

파야르 형사가 말했다. "걔가 그런 게 확실해. 나한테는 거짓말 안 통해."

주베 경위가 말했다. "오로르가 알아낼 거야."

내가 물었다. "델핀은 어디 있어요?"

"아래층 유치장에."

"몇 살이에요?"

"열아홉 살."

"저런. 꼭 가둬야 해요?"

"집에서 값진 물건을 훔쳤다고 새엄마가 신고했으니까. 그런데 이튿날에 새엄마가 사라졌어. 완전히 행방불명이야. 그리고 그 집에서 핏자국이 발견됐어. 새엄마를 마지막으로 본 사람은 델핀이고."

"델핀의 아버지는 어디 있어요?"

"몇 년 전에 사망했어. 친엄마는 델핀이 어렸을 때 멀리 떠나서 지금은 라레위니옹에 살고 있고. 델핀은 새엄마를 미워했대. 모두가 입을 모아서 그렇게 말하더라고."

내가 물었다. "새엄마가 나쁜 사람이었어요?"

파야르 형사가 말했다. "그게 무슨 상관이야? 새엄마한테 맨날 맞았다고 해도, 새엄마를 죽일 권리는 없어."

나는 정말로 충격을 받아서 말했다. "새엄마를 죽였어요?"

쿠타르 형사가 말했다. "새엄마가 죽었다는 증거는 아직 없어. 어디까지나 파야르 형사의 추측이지."

"진짜 증거가……."

멜빌 형사가 파야르 형사의 말을 막았다. "증거는 함부로 쓸 단어가 아니야. 확실할 때에만 써야 해."

파야르 형사가 말했다. "내가 심문했잖아. 숨기는 게 있어. 냄새가 난다고."

내가 말했다. "그건 그냥 느낌이잖아요. 나쁜 일을 한 것 같은 느낌이랑 실제로 나쁜 일을 한 거랑은 다르지 않아요?"

멜빌 형사가 말했다. "당연하지."

파야르 형사가 말했다. "증거가 있어."

멜빌 형사가 말했다. "그 증거도 델핀이랑 직접적인 연관은 없어. 핏자국이 증거지만, 그게 곧 살인을 증명하지는 않아."

'살인! 주베 경위님이 나한테 살인 사건 해결을 도와 달라고 한 거야!'

내가 말했다. "델핀을 언제 만날 수 있어요?"

주베 경위가 말했다. "지금 당장이라도 만날 수 있어. 그렇지만 단둘이 만나게 할 수는 없어. 델핀을 특수 거울이 있는 조사실로 부르고, 오로르는 그 옆방인 관찰실로 데려갈 거야. 델핀이 있는 방에서는 거울로 보이지만 관찰실에서는 유리창 너머로 보는 것처럼 다 보일 거야."

"델핀이 위험한 사람이에요?"

"오로르, 너는 우리한테 델핀의 생각을 들려주면 돼. 델핀이랑 네가 직접 엮이지 않았으면 해."

"알았어요. 그런데 제 능력은 직접 마주할 때 제일 잘 발휘돼요. 눈을 제대로 보고 느껴야 해요."

파야르 형사가 말했다. "아직 어린 너를 살인자 바로 앞에 둘 수는 없어!"

내가 말했다. "저는 어리지 않아요."

멜빌 형사가 말했다. "그리고 델핀이 살인자라는 증거는 아직 없지. 우리 중 한 사람이 오로르랑 같이 있으면 괜찮을 것 같아."

주베 경위는 멜빌 형사의 말을 잠시 생각한 뒤에 말했다.

"멜빌 형사가 오로르랑 같이 델핀을 만나."

파야르 형사가 말했다. "저를 이 사건에서 빼시려고요?"

주베 경위가 파야르 형사를 보는 표정에서 생각이 보였다. '결정을 내렸어. 자네는 빠져. 자네는 선을 넘으려 하고 있어!' 파야르 형사는 언니가 엄마한테 예의를 지키지 않았다고 야단맞은 뒤에 그러듯이 고개를 숙이고 바닥을 내려다보았다.

주베 경위가 말했다.

"그냥 새롭게 사건을 보려는 거야. 멜빌 형사랑 오로르 부관한테 새로 심문을 맡기겠어."

'교수님이랑 같이 일하게 됐어! 환상적이야!'

유치장으로 내려가면서 주베 경위가 말했다.

"오로르, 조금이라도 무서우면 멜빌 형사한테 말해."

"전 무서워하는 거 별로 없어요."

그래도 유치장이 아주 으스스한 건 사실이었다. 햇빛도 들지 않고 어두웠다. 창살로 막힌 좁은 방들 안에 슬프고 화난 사람들! 유치장 안에는 조그만 창 하나랑 조그만 침대, 조그만 책상 하나만 있었다. 이런 곳에 계속 갇혀 있다니, 상상도 못하겠다. 내 생각을 읽기라도 한듯 주베 경위가 말했다.

"환경이 너무 나빠 보이지? 그렇지만 범죄를 저지른 사람들을 잠시 가둬 두는 곳이야. 재판을 받기 전까지만 여기에 있어."

"진짜 교도소도 이런가요?"

"안타깝지만 그래. 이보다 나쁠 수도 있지. 어느 나라나 교도소는 이럴 거야."

"법을 어기는 걸 두려워할 만하네요."

"그래도 사람들은 분노심에, 복수심에, 돈이 필요해서, 돈이나 마음의 문제로 나쁜 짓을 하지. 그리고 그런 사람들은 결국 이런 곳으로 와."

멜빌 형사가 말했다. "델핀이 나쁜 일을 했는지는 아직 밝혀지지 않았어요."

주베 경위가 말했다. "오로르가 델핀의 생각을 읽고 진실을 밝힐 수 있기를 바랄 뿐이야."

창살로 막힌 좁은 방들 안에 슬프고 화난 사람들!

☆

　델핀이 갇힌 방 앞에 도착했다. 앞에 경관이 한 명 서 있었다. 주베 경위가 고갯짓하자 경관은 커다란 열쇠로 문을 열었다. 델핀은 문을 등지고 침대에 앉아 있었다. 주베 경위가 이름을 불러도 델핀은 고개를 돌리지 않았다.

　주베 경위가 말했다. "델핀, 힘든 건 알아. 그렇지만 여기 도와줄 사람들이 왔어."

　"도와주세요. 도와주세요. 저는 억울하게 여기 갇혀서……."

　델핀이 우리 쪽으로 고개를 돌렸다. 얼굴이 아주 예뻤지만, 겁

델핀은 문을 등지고 침대에 앉아 있었다.

먹은 눈은 며칠 동안 잠을 못 잔 것 같고 아주 불안해 보였다. 델핀은 우리 셋을 보자마자 고개를 갸웃거렸다.

델핀이 갑자기 소리쳤다. "저 꼬맹이는 뭐예요?"

주베 경위가 말했다. "내 부관한테 적당한 말은 아니네."

나는 태블릿에 글을 써서 델핀이 볼 수 있게 태블릿을 쳐들었다.

"나는 오로르라고 해. 언니가 여기서 나갈 수 있게 돕고 싶어."

"뭐하는 짓이야? 그냥 말로 해."

나는 또 글로 대답했다.

"나는 말을 못해. 그렇지만 대화는 태블릿으로 잘할 수 있어. 그리고 몇 가지 물어볼 게 있어."

델핀이 소리쳤다. "지금 장난해요? 이 이상한 애가 뭘 도와줘요?"

'이상한 애.' 그 말이 또 나왔다.

델핀이 침대에 엎드려서 울기 시작했다. 그래도 나는 델핀이 침대에 얼굴을 파묻기 전에 눈을 볼 수 있었다. 델핀은 우리랑 말하기 싫은 게 분명했다. 울음소리가 너무 커져서 주베 경위는 모두 나가자고 손짓했다. 매트리스도 아주 얇은 감방 침대에서 델핀은 조그마한 베개에 얼굴을 묻고 울고 있었고, 경관은 다시 유치장 문을 잠갔다. 복도에 나오자마자 주베 경위와 멜빌 형사가 나를 보았다.

"자…… 뭐가 보였니?"

내 얼굴이 굳었다. 델핀의 눈에서 읽은 생각은 좋은 것도 나쁜

나는 큰일 났어. 나는 큰일 났어. 나는 큰일 났어.

것도 아니었다.

"계속 한 가지 문장만 되풀이했어요. '나는 큰일 났어. 나는 큰일 났어. 나는 큰일 났어.'"

주베 경위와 멜빌 형사는 서로를 바라보았다. 둘 다 그다지 마음이 편하지 않은 게 분명했다. 멜빌 형사가 말했다.

"유죄를 인정한 것도, 무죄를 인정한 것도 아니군요. 아주……양면적이네요."

나는 새로운 단어를 또 배웠다. '양면적'.

'양면적'이라는 말은 서로 반대되는 두 가지 감정이나 생각이 섞여 있다는 뜻이다. 불확실하거나 선택하기 어려운 상황을 표현할 때에도 쓸 수 있다.

나는 사전에서 '양면적'이라는 단어를 찾아보고 그 뜻을 알게 됐다. 모르는 단어를 보게 되면 반드시 사전에서 찾아보고 그 뜻을 알아내야 한다. 사전은 정말 재미있다. 사전을 보면 단어의 뜻과 쓰임새를 다 배울 수 있다.

'양면적'이라는 말을 사전에서 찾아본 것은 집으로 돌아온 뒤였다. 엄마는 아직 퇴근하기 전이고, 언니는 무용 강습을 받고 있었다. 조지안느 선생님은 몸이 좀 나아져서 나한테 문자 메시지를 보냈다. 우리 집으로 와서 오늘 학교생활이 어땠는지 듣고 싶다고 했다.

조지안느 선생님은 우리 집 근처에 산다. 걸어서 3분 거리다.

내가 집 앞에 도착했더니, 선생님이 먼저 와서 기다리고 있었다. 선생님은 나를 꼭 껴안고 '입덧'이 오늘 오후에는 훨씬 나아졌다고 말했다. '입덧'은 아이를 가져서 토할 것 같은 증상을 가리키는 말이라고 한다. 우리 집에 들어온 뒤 내가 주방에서 냄비에 우유를 따르고 코코아 가루를 넣고 있을 때 선생님이 말했다.

"오늘 안 좋은 일이라도 있었니?"

나는 코코아를 잘 저어서 잔 두 개에 따랐다. 진한 갈색 코코아는 평소처럼 아주 맛있었다. 힘들 때 코코아를 마시면 언제라도 얼굴에 미소가 떠오른다. 나는 선생님한테 아나이스 얘기를 들려주었다. 아주 불행하고 항상 화가 나 있는 아나이스가 나를 괴롭히겠다고 다짐하더라는 얘기였다.

선생님이 말했다. "걔가 무슨 일을 벌일 거 같으면 나한테 말해. 못하게 막을게."

"그렇지만 제 힘으로 싸우고 싶어요."

"아주 좋은 태도지만, 여러 사람이 한 사람을 괴롭히는 문제에서는 어른이 끼어들어서 해결하는 게 좋아."

"그렇지만 루시 언니가 행방불명됐을 때에는 그 잔혹이들이 아니라 우리 엄마가 곤경에 빠졌어요. 그리고 어른들은 집단 괴롭힘이 얼마나 나쁜지 잘 모르고, 알게 되어도 그저 쉬쉬할 때가 많아요."

"학교의 그 아이들이 무섭니?"

"전혀 안 무서워요. 나한테는 신비한 능력이 있으니까요! 그렇지만 학교에 갈 때마다 걔들을 상대해야 하는 게 썩 좋지는 않아요. 게다가 이

힘들 때 코코아를 마시면

언제라도 얼굴에 미소가 떠오른다.

제 아나이스가 나를 적으로 삼았어요. 왜 이런 일이 벌어졌는지 이해할 수도 없어요."

"질투 때문이지. 그리고 네가 자기를 두려워하지 않는 걸 걔가 알아차렸기 때문이야. 다른 사람들을 괴롭히는 사람은, 자기를 두려워하지 않는 사람을 보면 더 화를 내. 자기가 마음대로 할 수 없으니까. 이제 아나이스는 네가 자기랑 자기 패거리를 두려워하게 만들려고 온갖 짓을 할 거야. 그러니까 나랑 담임 선생님이 끼어들어야 해."

나는 잠깐 말을 멈췄다. 유치장에 갇힌 불쌍한 델핀이 생각났다. 델핀은 아마도 새엄마한테 괴롭힘을 당했겠지. 델핀의 새엄마가 얼마나 델핀을 함부로 대했는지, 그 학대가 델핀에게 어떤 영향을 미쳤는지 경찰이 충분히 수사했을까? 교수님한테 문자 메시지를 보내서 이걸 확인하자고 말해야지.

조지안느 선생님은 내가 다른 생각에 빠져 있는 것을 알아챘다. 선생님은 자기 나름의 방식으로 내 생각을 읽는다.

"경찰서에서 무슨 일 있었니?"

"경찰 업무는 말할 수 없어요. 주베 경위님이랑 형사님들이랑 '기밀 유지'를 약속했어요. '기밀 유지'라는 말도 사전에서 찾아봤어요. 다른 사람들의 비밀을 지켜야 한다는 뜻이에요."

"경찰 일은 외부에 비밀로 해야지. 그 원칙을 잘 지키는 오로르를 보니 자랑스러워. 그런데 경찰서에서 혹시 너에게 안 좋은 일이 있었니? 걱정돼."

기밀 유지. 다른 사람들의 비밀을 지켜야 한다.

나는 잠시 망설였다. 아주 신중하게 말을 골라야 했다.

"선생님이 자주 말했잖아요. 친절과 정의가 세상에서 제일 중요하다고. 곤경에 처한 사람을 못 본 체하지 말고, 누명 쓴 사람을 그냥 지나치지 말고, 나라나 종교로 차별하면 안 된다고. 음, 지금 제가 맡은 사건에서 누가 누명을 쓴 것 같아요. 그런데 아직 결백하다는 증거는 못 찾아냈어요. 그 사람이 걱정돼요. 그렇지만 더 이상은 말할 수 없어요. 경찰 업무니까요!"

조지안느 선생님이 말했다. "그래, 알았어. 네가 그 사람이랑 단둘이 있을 방법을 찾을 수 있을까?"

"그 사람은 지금 자기가 경찰서에 갇힌 것 때문에 너무 흥분한 상태예요. 그래서 아무하고도 말을 하지 않으려 해요. 그게 문제예요."

"그건 그 사람이 겁먹고 충격을 받아서 그래. 그 사람과 대화할 방법을 찾아봐. 그리고 학교에서 못된 애들이 괴롭히려고 하면 내가 항상 옆에 있다는 걸 잊지 말고."

"그렇지만 우선은 제 힘으로 해결해 볼게요."

"넌 정말 용감해, 오로르."

"선생님한테 배운 거예요!"

그러나 조지안느 선생님은 1년 뒤에 떠날 테고, 그 뒤로 나는 과연 얼마나 용감할 수 있을까?

엄마가 주말에 다 함께 파리에 가자고 했다!

나는 한 주 건너 주말마다 파리에 가서 아빠와 클로에가 사는 집에서 잔다. 하지만 이번 주말은 더 특별하다. 엄마랑 파리에 가는 일은 드무니까. 그리고 '다른 파리'에 머물 예정이니까. 아주 높은 현대식 건물들이 있는 라데팡스에 간다. 엄마는 라데팡스가 아주 멋지고 내 마음에 들 거라고 말했다. 에밀리 언니는 안 간다고 했다. 라데팡스는 거대하기만 하고 못생겼다고 말했다. 파리에 있는 오래된 건물들이랑 다르게 아름답지 않고 높기만 한 현대식 건물이 싫다고 했다.

나는 태블릿으로 라데팡스 사진을 찾아보았다. 아주 멋졌다! 엄마랑 거길 가게 돼서 기뻤다. 게다가 엄마의 애인 샤를도 만날 테니까.

샤틀레까지 고속교외철도를 타고 갔다. 엄마는 늘 "파리까지 11분밖에 안 걸려!"라고 말했고, 정말 말 그대로였다. 샤틀레에 도착한 뒤에는 사람들을 헤치고 또 헤치며 걷고 또 걸어서 마침내 파리 지하철 1호선 역에 다다랐다. 엄마는 사람들이 많은 곳에 가면 내가 휩쓸리지 않을까 늘 걱정한다. 엄마는 그렇게 붐비고 복잡한 것을 '대도시의 광기'라고 부르며 정말 싫어한다. 엄마는 도시가 아닌, 샹파뉴 근처 전원에서 자랐다. 외할머니와 외할아버지는 아직도 거기 산다. 엄마는 외할머니나 외할아버지와 친하지 않다. 두 분이 아주 보수적이고 엄마와 잉그리드 이모가 뭘 하든 무조건 잘못했다고 말

라데팡스. 아주 높은 현대식 건물들이 있는 곳.

하기 때문이란다. 그래도 1년에 한두 번은 외할머니와 외할아버지를 만난다. 엄마와 아빠가 아직 이혼하기 전에 외가 식구들을 만나면, 아빠는 매번 성공한 작가가 아니라는 말을 들어야 했다. 외할아버지는 말이 별로 없었지만, 입만 열면 파리를 나쁘게 말했다. 이모는 언니와 나한테 외할아버지와 외할머니가 '19세기에 사는 사람들' 같으니 그 말을 귀담아듣지 않아도 된다고 말했다. 나는 이모의 말을 듣고 나도 모르게 소리 내어 웃었다. 이모는 내 웃음소리를 다른 사람들도 들을 수 있는 날이 오기를 기다린다고 말했다. 내가 웃을 때 즐거운 표정을 지어도 소리는 전혀 못 냈기 때문이다.

엄마와 언니와 나는 이모 덕분에 많이 웃었다. 잉그리드 이모는 아주아주 재미있고 세상을 정말 특이한 눈으로 본다. 키가 되게 크고, 말랐고, 마르세유 변두리에 살면서 프랑스에 온 이민자들을 돕는 사회복지사로 일하고 있다. 결혼은 한 번도 하지 않았지만 언제나 연애를 하고, 애인은 계속 바뀌었다. 춤추기 좋아하고, 잘 웃고, 동생인 우리 엄마를 정말 좋아한다. 그렇지만 이모는 우리 엄마가 지나치게 진지하다고 생각한다. 이모는 우리 아빠도 정말 좋아했다. 엄마의 전 애인 피에르에 대해서는 '페인트 마르는 걸 지켜보는 것 같다'고 말했다. 엄마는 그런 말을 좋아하지 않지만, 이모한테는 아무 말도 하지 않았다. 엄마는 자기 언니가 자기를 얼마나 아끼는지 잘 알고 있기 때문이다.

지난 금요일에 잉그리드 이모가 우리 집에 왔다. 이모가 나한테 아주 멋진 선물을 줬다. 색이 정말 생생한 색연필 세트였다. 이모

엄마가 '대도시의 광기'라고 부르는 것들.

는 '원초적' 색이라고 말했다. 나는 그 말을 사전에서 찾아보았다. '일이나 현상이 비롯하는 맨 처음이 되는'이라는 뜻이다. 이모의 성격 같다. 잉그리드 이모는 모든 일에 앞장선다. 밝은 편에 서서 사람들이 겪는 어려움에 맞서 싸운다. 이모는 에밀리 언니가 아직도 마티유라는 남자애 때문에 울적한 것을 금방 알아챘다. (그때 마티유는 에밀리 언니한테 주말에 만나자고 문자 메세지를 보내고 있었다. 다른 여자애를 만나고 있는 게 분명한데도.)

이모가 에밀리 언니의 허리에 팔을 두르며 말했다.

"마음을 정하지 못하는 남자, 아니면, 너를 정말 좋아하지만 다른 여자도 정말 좋다고 말하는 남자는 가까이하면 안 돼. 지금 울적하지? 다 이해해. 그렇지만 명심해야 할 게 있어. 이건 네 잘못이 아니야. 그 남자애 잘못이야! 명심할 게 또 있어. 남자는 지하철이야. 지하철역을 막 뛰어 내려가서 승강장에 도착했는데 방금 열차가 떠났으면, 놓쳤다는 생각이 들지? 아니야. 다음 열차가 와."

언니는 그 말을 아주 좋아했다. 나는 못된 애들을 어떻게 대해야 하는지 이모한테 물어보고 싶었다. 그런데 엄마가 계속 옆에 있어서 물어볼 수 없었다. 엄마를 걱정시키기는 싫었다. 그러다가 아빠가 나를 데리러 왔다. 아빠와 이모는 아주 반갑게 껴안으며 인사하고 농담을 나누면서 웃었다. 엄마는 옆에서 어색한 미소를 짓고 있었다. 아빠를 보는 엄마 눈에서 생각을 읽을 수 있었다.

'내가 이 사람을 너무 빨리 밀어냈어. 너무 성급하게 많은 결정을 내렸어.'

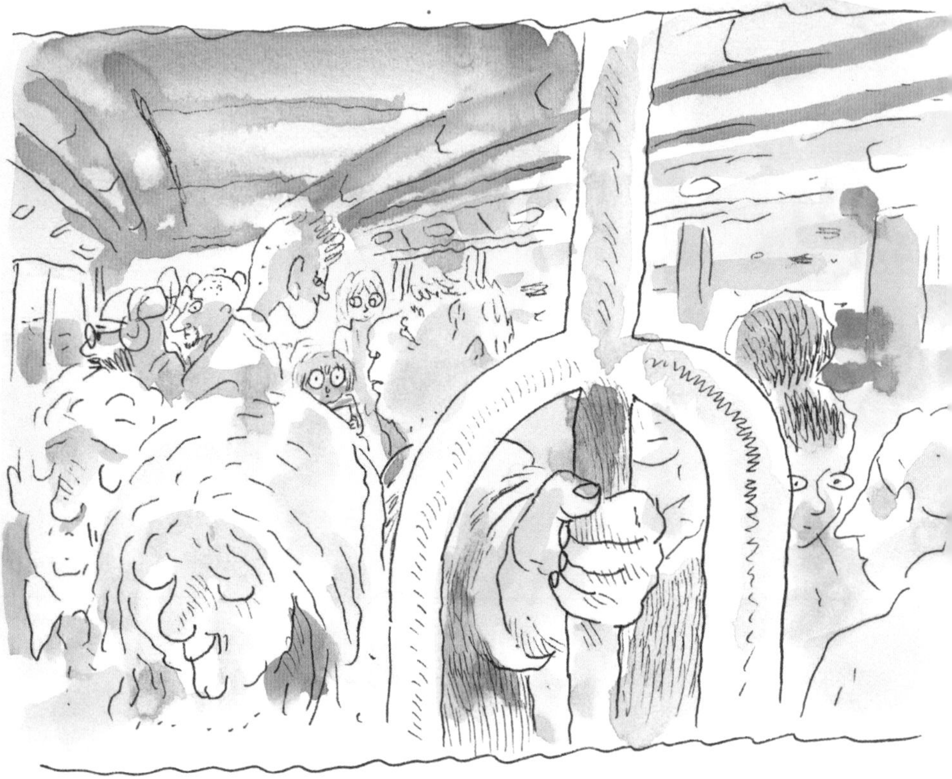

엄마는 지하철 안에서 내 손을 꽉 잡았다.

엄마가 샤를에 대해 생각하는 것도 보였다.

'샤를이 나한테 들려주는 말이 다 진실이면 좋겠어. 샤를은 아주 멋지니까!'

다다음 날 저녁, 아빠랑 주말을 보내고 집에 돌아왔는데 이모가 아직 집에 있었다. 마르세유로 가는 테제베 고속열차 막차를 타러 파리에 가기 직전이었다. 이모는 나한테 주말에 아빠랑 뭘 했는지 물어본 뒤에 말했다.

"네 엄마가 요즘 만나는 샤를을 나도 만나 봤는데, 아주 재밌는 사람이더라."

나는 이모의 눈에서 생각을 읽었다.

'은행에서 일하는 사람치고는 재밌지. 그래도 지난번 남자보다는 훨씬 나아.'

이제 나도 샤를을 만나러 가고 있다! 엄마는 지하철 안에서 내 손을 꽉 잡았다. 객차 안은 사람들로 꽉 차 있고 앉을 자리도 없었다. 라데팡스에 가까워졌을 때 엄마가 말했다.

"샤를도 너를 만난다고 들떠 있어."

샤를은 엄마랑 동갑이라고 했다. 니스가 고향이고 남부를 좋아하지만, 파리에서 오래 일했다고 했다.

"엄마처럼 이혼했어?"

"아니. 그렇지만 파리에서 오래 같이 산 사람이 있었대. 최근에 헤어졌고, 아이는 없어. 어쨌든 너랑 샤를은 잘 맞을 거야!"

샤를은 라데팡스역 앞에서 기다리고 있었다. 키가 아주 크고,

가구는 모두 새것이었다. 잡지에 나오는 집 같았다.

얼굴도 아주 잘생겼다. 샤를은 옷 입는 법이나 날렵한 몸을 유지하는 법에 신경을 많이 쓰는 사람 같았다.

우리 아빠는 아빠 말로 '어질러진 침대'처럼 보일까 봐 늘 걱정한다. 그렇지만 나는 아빠가 조금 단정하지 않아서 좋다. 운동은 좀 더 많이 하면 좋겠지만……. 운동은 건강에 좋다. 운동을 하면 세상을 더 밝게 보게 된다. 샤를은 운동을 많이 하는 게 틀림없었다. 이도 아주 하얗다. 샤를은 나를 아주 다정하게 맞이했다. 주말을 함께 보내게 돼서 정말 기쁘고 우리가 틀림없이 친해질 수 있을 거라고 말했다.

샤를의 집은 라데팡스에 있는 높고 현대적인 건물 위쪽 층이었다. 가구는 모두 새것이었다. 잡지에 나오는 집 같았다. 주방은 더없이 잘 정리돼 있었다. 거실에 놓인 낮은 탁자에는 잡지들이 조금도 흐트러지지 않게 정돈돼 있었다. 욕실 수건들은 모두 똑같은 방식으로 접혀 있었다.

마지막으로 샤를은 작은 서재에 있는 소파 겸 침대를 나한테 보여 주었다. 내가 잘 곳이라고 했다. 내가 말했다. "아주 깔끔하게 정리하는 걸 좋아하시나 봐요."

"우리 아버지가 군인이었어. 질서를 중요하게 생각하셨지. 우리 어머니는 엄격한 집안에서 자라서 침대를 제대로 정리하지 않으면 야단을 맞았대. 그래서 나는 어릴 때부터 집에서도 군대처럼 정리 정돈을 완벽하게 했어. 그렇지만 너는 소파에 스웨터를 벗어놔도 돼. 걱정 마! 내가 잔소리하는 일은 없을 거야. 나처럼 너무 정돈에 집착하지 않는 사람이 주위에 있는 게 오히려 더 고마워."

엄마가 말했다. "오로르도 정리를 좋아해. 그렇지?"

"방이 깔끔하게 잘 정돈돼 있으면 세상을 살아가기가 편해져요."

샤를이 말했다. "바로 그거야! 우리는 생각이 비슷하구나."

샤를은 은행의 '인사부'에서 일한다고 했다.

"직원들의 문제를 다루는 부서야. 직원들이 그 일에 잘 맞는지, 최대한 만족스럽게 일하고 있는지, 회사에 필요한 사람이 빠짐없이 고용돼 있는지 확인해. 예를 들어서 태블릿으로만 대화해야 하는 오로르 같은 사람도 아주 똑똑하고 성실하면 인사부에선 분명히 환영할 거야!"

내가 태블릿에 썼다. "그렇지만 은행에서 일할 생각은 없어요!"

샤를이 말했다. "아직 그렇게 결정짓지 않아도 돼."

엄마가 말했다. "엄마도 은행에서 일하잖아." 엄마는 그 말을 하면서 생각했다.

'오로르는 늘 자기 생각을 있는 그대로 말해. 그러지 않으면 좋겠는데……'

"은행에서 일하는 사람이 이상하다는 건 전혀 아니에요. 그냥, 저는 어른이 되면 하고 싶은 일이 있어서 그런 거예요. 형사가 될 거예요!"

"그래, 엄마한테 들었어. 언니의 친구가 실종됐을 때 네가 해결했다면서? 그 사건을 책임진 형사랑 친해졌다는 얘기도 들었어."

"그냥 친해진 게 아니에요. 저는 경위님 부관이에요!"

나는 이번에 새 사건을 맡았다는 말을 하려다가 멈췄다. 곧 엄마한테는 말해야 하지만……

샤를이 말했다. "사람들의 비밀을 아주 잘 알아내겠구나."

"경찰 업무는 밖에서 말할 수 없어요."

"그래야지."

나는 샤를의 생각을 읽을 수 있었다.

'정말로 조심하자. 얘는 모르는 게 없는 것 같아.'

왜 저런 생각을 하지? 의문이 들었을 때, 엄마가 샤를을 보고 활짝 웃으며 말했다.

"오로르는 모험을 좋아해. 다른 사람들의 문제를 해결해 주는 모험을 특히 좋아하고."

샤를이 말했다. "내가 회사에서 하는 일이랑 아주 비슷한 것 같은걸!" 그러면서 속으로 생각했다. '은행에서 일하는 것보다는 형사 일이 훨씬 더 재밌겠지만.'

나는 샤를의 작은 서재에 놓인 소파 겸 침대에서 아주 푹 잤다. 아침에는 샤를이 아주 맛있는 코코아를 만들어 줬다. 샤를은 화면이 세상에서 제일 큰 영화관에 우리를 데려갔다. 거기서 아이맥스 영화라는 걸 봤다. 아프리카 사자들이 나오는 영화인데, 동물들이 너무 진짜 같고 커서 영화를 보는 내내 사자들과 치타들이 나한테 곧장 덤벼들 것 같았다.

그다음은 다른 현대적인 건물에 있는 식당에 갔다. 진짜 미국 햄버거를 파는 식당이었다. 엄마와 샤를이 햄버거를 먹으면서 와인도 마실 수 있는 곳이었다! 햄버거는 정말 좋다. 그렇지만 어쩌다가 특식으로 진짜 미국 햄버거를 파는 식당에 갔다.

먹어야 하고, 매일 먹으면 건강에 좋지 않다는 걸 잘 알고 있다. 식당 직원들은 모두 챙이 넓은 가죽 모자와 가죽옷을 입고 있었다. 음악도 전부 미국 음악이었다. 바닥에는 톱밥도 있었는데, 샤를이 설명하기로 는, 옛날 미국 서부에 있는 술집들 바닥에는 톱밥이 있었다고 한다.

엄마가 말했다. "라데팡스에서 이런 식당에 오게 될 줄은 몰랐 어! 당신이랑 있으면 항상 감탄하게 돼."

내가 말했다. "어른이 되면 옛날 미국 서부를 여행하고 싶어요."

샤를은 항상 미소를 짓고, 항상 다정했다. 그리고 우리 엄마를 기쁘게 하는 걸 정말 좋아했다. 엄마의 말에 계속 귀를 기울이고 재미있다고 반응하며, 엄마한테 계속 예쁘다고 말했다. 또, 에밀 리 언니의 기분 때문에 너무 속상해하지 않아도 된다고 엄마를 안 심시키며 "10대 여자아이들은 다 그래."라고 말했다.

그 말을 들었을 때 나는 머릿속에 든 생각을 곧장 태블릿에 적었다.

"아이가 없는데 10대 여자아이들이 그렇다는 건 어떻게 아세요?"

엄마가 얼른 말했다.

"10대 여자아이들이 정말정말 까다롭다는 건 아이가 없어도 알 수 있어! 그리고 샤를은 인사부에서 일해. 그래서 어떤 나이의 사 람들이 어떻게 행동하는지 많이 알아."

샤를은 우리 엄마의 손에 입을 맞추며 말했다. "정말 고마운 말 이네."

그러나 샤를이 엄마의 손등에 입술을 댈 때 나는 샤를의 눈을 통해 생각을 언뜻 볼 수 있었다

'당신은 정말 사랑스러워. 나를 정말 좋아하고. 하지만 내 비밀을 알면 더는 나를 만나려 하지 않겠지.'

비밀이라니?

나는 태블릿에 빠르게 적었다.

"우리 엄마를 힘들게 하는 에밀리 언니 같은 아이가 없는데도 10대 여자아이를 잘 이해하시다니 정말 대단해요."

엄마가 말했다. "오로르, 에밀리는 곧 심술궂은 상태를 벗어날 거야. 나도 그랬어. 너도 언젠가 그렇게 돼."

"언니처럼 심술궂게 되는 일은 절대 없어!"

그때 샤를은 와인글라스를 내려다보며 생각했다.

'세실처럼 화내는 일은 절대 없으면 좋겠군. 2년 전에 내가 제 엄마 곁을 떠난 뒤로 세실은 나랑 말도 안 하고 있으니까.'

샤를은 그 생각을 한 뒤에 나를 보았다. 샤를의 걱정스러운 얼굴에서 생각을 읽었다.

'이 영리한 아이가 벌써 다 알아냈을까? 내게 딸이 있다는 사실을 곧 들키게 될까?'

나는 태블릿에 뭘 쓰려고 하다가 그랬다가는 나의 신비한 능력을 들키게 된다는 걸 또 깨달았다. 그래서 그냥 미소만 짓고 샤를한테 '나는 아무것도 몰라요.' 하고 말하듯 고개를 갸웃했다.

그러나 사실은 달랐다.

이제 나는 샤를에게 딸이 있다는 사실을 알았다.

이 영리한 아이가 벌써 다 알아냈을까?

파리에서 주말을 보내고 돌아오자, 집은 엉망이었다. 싱크대에는 그릇이 가득하고, 옷은 사방에 흩어져 있고, 패스트푸드 포장지들이 늘어져 있었다. 게다가 그릇 하나에는 담배꽁초가 높게 쌓여 있었다! 음악 소리가 쾅쾅 울렸다. 엄마는 집을 보고 충격을 받았다. 담배에도! 곧장 언니 방으로 달려갔다. 에밀리 언니는 침대에 쓰러져 자고 있고, 바닥에는 빈 와인 병이 있었다. 엄마는 몹시 화가 났다. 그런데 흔들어 깨워도 언니가 깨지 않자 엄마는 겁에 질렸다.

　　나는 태블릿을 언니의 코밑에 댔다. 화면에 입김이 서렸다.

집은 엉망이었다.

흔들어 깨워도
언니가 깨지 않자
엄마는 겁에 질렸다.

엄마는 손을 조금 떨면서 언니의 뺨을 두 번 찰싹 쳤다. 언니가 작게 신음을 뱉었다. 다행이다! 엄마는 언니를 욕실로 옮길 테니 나도 도우라고 했다. 엄마와 내가 언니를 욕실로 옮기는 동안, 언니는 말을 할 수 없는 악몽 속에 갇힌 듯이 이상한 소리를 냈다. 엄마는 변기 앞에 언니를 앉히고, 이제 언니의 몸속에 있는 알코올을 빼내기 위해 언니를 토하게 할 테니, 나는 나가 있으라고 했다. 나는 욕실을 나왔다. 내가 할 수 있는 방법으로 엄마를 돕겠다고 생각하고, 집을 돌아다니며 더러운 접시와 패스트푸드 포장지와 담배꽁초를 다 걷었다. 거실 창문을 열고 신선한 공기를 들였다. 식기세척기를 돌렸다. 포장지들과 담배꽁초들도 다 버렸다. 그러자 변기 소리가 들렸다. 엄마가 나를 불렀다. 욕실로 갔다. 엄마와 함께 언니를 부축해서 세면대 앞에 세웠다. 내가 언니를 똑바로 세우고 있는 동안 엄마는 물을 틀고 수건을 적셔서 언니의 입가와 얼굴을 닦고 칫솔에 치약을 묻혀서 언니의 이를 닦았다. 그러고는 다시 언니 방으로 데려갔다. 엄마는 언니를 잠옷으로 갈아입혀서 다시 침대에 누일 테니 나는 나가 있으라고 했다.

"에밀리는 이제 잠을 자야 해. 그래야 기운을 찾아."

엄마는 용감하게 말하려 애썼다. 그렇지만 울기 직전처럼 목소리가 갈라졌다.

나는 엄마와 언니를 두고 언니 방을 나가다가 빈 와인 병 옆에 있는 언니의 아이폰을 보았다. 나는 아이폰과 와인 병을 집어서 주방으로 갔다. 병은 주방에 있는 재활용품 통에 넣고, 아이폰을 보았다. 마티유가 어떤 여자애랑 같이 있는 사진으로 채워진 페이스북 페이지가 열려 있었다. 아이스크림을 먹으며 키스하는 마티유와 여자애, 길거리에서 키스하는 마티유와 여자애! 대부분 그 여자애가 직접 찍은 사진이었다. 그 애의 이름은 피비. 피비의 페이스북이었다. 마티유가 에밀리 언니랑 같이 찍은 예전 사진도 있었다. 행복한 표정이었다. (그런데 키스하는 모습은 아니었다. 다행이야!) 피비는 그 사진에 커다랗게 X라고 긋고 그 아래에 글을 써 놨다.

'쟤는 이제 지나간 과거야.'

그 밑에는 피비의 친구들이 쓴 게 분명한 댓글들이 달려 있었다.

ㄴ 쟤는 당연히 차여야지. 깡마르고 못생겼어.

ㄴ 에밀리는 더럽게 잘난 체해. 누가 저런 애랑 친구를 해?

ㄴ 에밀리가 왜 저렇게 말랐는지 알아? 말을 못하는 척하는 이상한 동생이랑 살아서 그래.

가엾은 언니! 언니한테 이런 못된 말을 하다니! 왜 사람들은 자기 집단에 들어오지 않는 사람이나 자기들이랑 다른 사람을 괴롭히지? 다른 걸 멋지다고 생각할 순 없는 걸까?

엄마가 꿋꿋한 표정을 지으려 애쓰며 언니 방에서 나왔다.

"도와줘서 고마워, 오로르. 불쌍한 네 언니가 와인을 좀 맛보려다가 너무 많이 마셨나 봐."

엄마는 나쁜 상황이라도 좋게 보려 한다.

내일이면 아나이스를 마주해야 해.

엄마는 이런 사람이다. 나쁜 상황이라도 좋게 보려 한다. 나는 엄마가 몹시 속상한 것을 알 수 있었다. 엄마를 꼭 껴안았다. 그리고 언니의 아이폰을 내밀었다. 엄마는 언니한테 쏟아진 온갖 나쁜 말들을 보았다. 언니와 마티유의 사진에 크게 X자가 그어져 있는 것을 보고 손으로 입을 막았다. 방금까지 슬퍼 보이던 엄마의 얼굴은 아주 무섭게 변했다.

"가만두지 않겠어! 어쩜 이렇게 못된 애들이 있지? 에밀리가 이렇게 당할 이유가 없어!"

엄마는 아빠한테 전화해서 당장 우리 아파트로 오라고 말하겠다고 했다. 나는 엄마의 말을 듣고 기뻤다.

그러면서 생각했다.

'내일이면 아나이스를 마주해야 해.'

★

그날 밤에 아빠가 왔다. 아빠는 언니와 두 시간 가까이 이야기했다. 언니는 아빠와 이야기한 뒤에 금방 잠들었다. 아빠는 나를 무릎에 앉히고 안 좋을 때에도 엄마를 도와서 좋은 일을 했다고 칭찬했다. 그리고 언니 같은 청소년들은 술을 잘못 마시는 실수를 종종 저지르곤 한다고, 언니가 지금 '절망적'인 상황이라고, 페이스북 같은 앱이 이제 어떤 사람을 집단으로 괴롭히는 곳이 된 건 끔찍한 일이라고 말했다. 아빠는 나도 학교에서 힘들지 않은지 물었다.

이제는 꼼짝없이 말할 수밖에 없었다. 그래서 아나이스라는 애가 나를 좋아하지 않고 나를 괴롭히려고 작정한 것 같다고 말했다. 아빠는 내일 엄마와 함께 조지안느 선생님과 상의하고 교장 선생님을 찾아가서 집단 괴롭힘을 없애라고 말하겠다고 했다.

한편으로는 '내가 직접 싸우고 싶어요.'라고 또 말하고 싶었지만, 다른 한편으로는 언니한테 벌어진 사건을 봐서 이제 정말 어른들이 끼어들어 언니를 보호해야 한다는 점도 이해할 수 있었다.

아빠는 엄마만큼 슬프고 지친 얼굴이었다. 엄마는 아빠한테 저녁을 먹었는지 물었다. 아빠는 클로에가 동료들이랑 일하느라 종일 밖에 있고, 자기는 글을 쓰려고 애쓰느라 먹지 않았다고 했다.

아빠는 엄마만큼 슬프고 지친 얼굴이었다.

글이 잘 안 풀린다고, 글이 좀 술술 풀리기를 바라지만 요즘은 계속 의심만 든다고 말했다. 그리고 엄마한테 물었다. "그런데 당신은 얼굴이 환해졌네. 누구 생겼어?"

나는 엄마와 아빠가 다정하게 대화해서 기뻤다. 언니나 내 문제에는 늘 힘을 합치는 것도 정말 좋았다. 그렇지만 샤를의 비밀과 그걸 엄마한테 말할 수 없는 게 정말 걱정됐다. 샤를의 비밀은 누구한테도 말하면 안 될 것 같았다. 오브만 빼고.

그래서 나는 엄마와 아빠를 주방에 두고 내 방으로 갔다.

'당장 **참깨 세상**에 다녀와야 해.'

태블릿 화면에 별을 불러내고, 별을 뚫어져라 보며 마법의 주문을 외웠다. '참깨!'

순간 나는 테아트르가에 있었다. 오브는 2인용 자전거를 옆에 두고 초콜릿빵 봉지를 들고 서 있었다. 오브와 나는 반갑게 껴안았다. 오브는 드가와 모네가 프로방스에 갔다고 했다. 생폴드방스라는 곳에 있는데, 그곳은 날씨가 정말 화창해서 화가들이 사랑하는 지역이라고 했다. 오브가 말했다.

"개 공원에 놀러 갈까?"

내가 말했다. "나는 개를 정말 좋아해. 내가 개를 얼마나 좋아하는지 너도 알지? 하지만 지금은……."

"지금은 조용히 얘기하고 싶구나? 내가 정말 완벽한 장소를 알고 있어."

그래서 우리는 '고양이 아지트'로 갔다. 커다란 나무들과 벤치

오빠는 2인용 자전거 옆에 서 있었다.

우리는 '고양이 아지트'로 갔다.

들, 고양이들이 잠을 잘 해먹들이 있는 작은 공원이다. 고양이 놀이터도 있었다. 미끄럼틀과 그네가 여럿 있고, 고양이들이 운전하는 작은 회전목마도 있었다. 그러나 계속 짖는 소리가 들리는 개 공원과 다르게 고양이 아지트는 어디나 아주아주 조용했다. 어쩌다가 야옹 소리가 한 번 들릴 뿐이었다. 골골거리는 소리는 아주 많이 났다. 이곳은 **참깨 세상**이니까 고양이들도 싸우지 않는다. 오브는 **참깨 세상**에 있는 고양이들은 최근에 큰 모임을 열고 '고양이 아지트'를 조용하게 쉬는 곳으로 정했다고 말했다. 그래서 이곳에 오는 사람들도 나직이 속삭여야 한다.

"바로 지난주에 빵집 아주머니가 여기에 찾아왔었어. 그분은 항상 기분이 좋아서 웃음소리도 크고 말도 크게 하는 거 알지? 다섯 고양이가 그분한테 가서 정중하게 부탁했대. 목소리를 낮춰 주면 고맙겠다고. 이튿날 아주머니가 사과하는 뜻에서 마들렌 한 상자를 가져와서 고양이들한테 줬대."

"고양이들이 마들렌을 좋아해?"

"여긴 **참깨 세상**이잖아. 마들렌도 좋아하고 크루아상도 좋아해."

오브와 나는 아주 나직이 얘기했다. 고양이들은 모두 작은 말소리에는 깨지 않을 정도로 곤하게 자고 있었다. 다행이었다. 우리는 할 얘기가 많았다. 오브가 **힘든 세상**에서 무슨 일이 있었는지 물었고, 나는 에밀리 언니한테 벌어진 일을 이야기했다. 그리고 언니가 자기를 나쁘게 말하는 페이스북을 보고 와인을 마신 뒤 고양이들의 비밀 장소는 어디나 아주아주 조용했다.

고양이들이 마들렌을 좋아하는지 몰랐어.

고양이들이 골골거리는 소리는 아주 많이 났다.

잠들었다는 말도 했다.

"불행하거나 다른 사람들한테서 나쁜 대접을 받은 사람은 술이나 마약의 유혹에 빠지곤 한대. 불쌍한 에밀리 언니! 엄마 아빠랑 네가 언니 옆에 있어서 다행이야. 그렇지만 술 같은 걸로 슬픔을 잊으려고 하면 기분만 더 나빠질 뿐이라고 했어. 그리고 정말 몸도 아플 수 있어! 해결하기 힘든 일이 있을 때에는 꼭 이야기할 사람을 찾아야 해. 부모님이나 선생님을 찾아야 해."

"언니는 그 페이스북 글들을 보면서 완전히 충격을 받았을 거야. 학교 애들이 다 볼 수 있으니까 더더욱! 페이스북에 올라온 건 세상이 다 볼 수 있으니까."

"**참깨 세상**은 그래서 좋아. 페이스북이 없어! SNS가 없어! 온라인 쇼핑도 없어! 컴퓨터나 노트북이나 휴대폰이나 태블릿처럼 화면을 쓰는 기기도 없어!"

"언니가 아예 학교 가기도 싫어하게 되지 않을까 걱정이야."

"네가 언니를 보호하겠다고 해. 언니를 안심시켜. 엄마 아빠도 학교에 가서 선생님들한테 말하겠지. 너는 어때? 아나이스랑 맞서는 거 준비됐어?"

"그냥 아예 상대하지 않을 생각이야."

"그것도 괜찮은 전략이야. 그렇지만 그러면 아나이스가 더 화를 낼지도 몰라. 남을 괴롭히는 아이들은 무시당하는 걸 싫어해."

그다음, 나는 엄마의 새 애인 얘기와 그 사람이 아직 엄마한테 말하지 않은 비밀이 있다는 얘기를 들려주었다.

해결하기 힘든 일이 있을 때에는 꼭
이야기할 사람을 찾아야 해.

"비밀이 없는 어른은 없어. 그리고 사랑에 있어서는 아주 복잡한 어른이 많아. 사랑에 빠지고, 그 사랑이 영원하다고 생각하지. 그러다가 문제가 생겨. 문제를 해결할 때도 있고, 못할 때도 있어. 해결하지 못할 때에는 헤어지지."

"**힘든 세상**에 있는 엄마 아빠처럼."

"그래도 여기 **참깨 세상**에서는 두 분이 함께 행복하게 지내시잖아."

"그렇지만 **참깨 세상**에는 잠깐만 오잖아."

"**힘든 세상**에서는 사랑이 잘되지 않아서 아주 슬퍼하는 어른이 많아."

"그 어른들의 자식들도 슬퍼."

"그래도 너희 엄마 아빠는 너희 자매 일이라면 힘을 합치잖아. 서로 미워하지도 않고. 그렇지만 엄마의 새 애인 문제는…… 어른이랑 상의하는 게 좋을 것 같아. 그렇지만 아빠는 안 돼!"

"당연히 아빠한테 상의하지 않지! 누구랑 얘기해야 할지 알아. 일단……."

힘든 세상에서 목소리가 들렸다.

"오로르! 오로르!"

아빠였다. **힘든 세상**의 아파트에서 내 방문을 노크하는 소리가 고양이 아지트까지 들렸다.

고양이들한테도 그 소리가 들렸다! 두 고양이가 눈을 뜨고 나를 보았다. 화를 내지는 않았다. **참깨 세상**에서는 누구도 화내지 않는다. 그렇지만 고양이들은 표정으로 말하고 있었다.

'아빠한테 말하렴. 우리 낮잠을 방해하지 말라고.'

나는 두 고양이한테 고개를 끄덕이고 오브를 꽉 껴안은 뒤 손바닥으로 귀를 막고 속삭였다.

"골칫거리 세상으로!"

그리고…….

내 침대로 돌아와 있었다. 일어나서 문을 열었다. 아빠는 문가에 서서 나를 보며 빙긋 웃었다.

"좋은 소식이 있어. 에밀리가 정신을 차렸어."

나는 태블릿에 적었다. "아주 좋은 일이네. 언니는 어때?"

"머리가 아프대. 그런데 누구라도 혼자 와인 한 병을 다 마시면 머리가 아프고……."

"게다가 언니는 아직 열네 살이야!"

"맞아. 어른도 그렇게 마시면 엄청나게 머리가 아파!"

내가 말했다. "언니 보러 가도 돼?"

"지금은 몸도 안 좋고 자기 잘못 때문에 기분도 안 좋아. 엄마랑 내가 에밀리랑 충분히 얘기했어. 내일 교장 선생님을 만나서 이런 집단 괴롭힘은 없어져야 한다고 말하기로 했어. 에밀리는 내일 학교에 못 가겠대. 페이스북 글을 다른 아이들도 다 봤을 텐데 애들을 보기가 무섭대. 학교 애들이 전부 자기를 비웃을 것 같대. 그런 일이 생기게 두지 않을 거야! 그리고 너도 누가 너를 괴롭히려고 하면 이 아빠나 엄마한테 말해야 해."

아빠는 지금 언니 때문에 잔뜩 걱정하고 있는데 나까지 걱정을 더하고 싶지 않았다. 그렇지만 아빠한테 계속 숨길 수는 없었다. 게다가 언니가 어른들한테 아무 말도 하지 않다가 일이 이렇게 커졌으니까, 나도 숨기기만 해서는 안 된다.

"언니가 잠든 뒤에 내 얘기 좀 들어줄 수 있어?"

"당연하지! 당연하지! 일단 에밀리가 어떤지 좀 보자."

아빠가 방을 나간 뒤에 태블릿에서 삐 소리가 울렸다. 멜빌 형사가 보낸 문자 메시지였다.

내일 학교 수업이 끝난 뒤에 경찰서에서 만날까? 델핀 사건으로 중요하게 수사할 게 있는데 도움이 필요해. 한두 시간쯤 걸릴 것 같아. 어머님께는 내가 전화해서 설명할게.

엄마와 아빠가 내 방에 왔다. 엄마는 학교에서 무슨 일이 있었는지 물었다. 나는 편지를 받은 것과 거기 적힌 내용, 담임 선생님이 괴롭힘에 대해서 말한 뒤에 아나이스가 나를 노려본 일을 이야기했다. 엄마는 내 이야기를 들으며 점점 더 흥분해서 왜 진작 엄마나 아빠한테 말하지 않았느냐고 물었다.

"걱정할까 봐. 그리고 조지안느 선생님한테 말한 대로 내 힘으로 맞서고 싶었어."

엄마가 말했다. "네 언니도 그렇게 생각했어. 그래서 지금 어떻게 됐는지 봤잖아!"

"나는 언니랑 달라. 다른 애들 집단에 낄 생각도 없고, 지금 성난 사춘기도 아니야. 그리고 남자한테 관심도 없어!"

아빠가 말했다. "언젠가 너도 사춘기에 들어가. 네 언니가 지금 관심을 갖는 것들에 너도 관심을 갖게 돼. 그리고 더 예민해지고……."

"나도 알아! 그리고 언니가 잘못했다고 생각한 적 없어. 문제가 생겼을 때 어떻게 행동하는지는 사람마다 다 다르니까. 아나이스가 바라는 게 뭔지 알아. 내가 자기를 무서워하기를 바라지. 나는 아나이스한테 겁먹지 않아."

엄마와 아빠가 서로를 보았다. 아빠가 말했다.

"알았다. 아나이스 문제는 너한테 맡길게. 그렇지만 에밀리 문제 때문에 우리는 내일 학교에 갈 거야. 그리고 네가 받은 편지에 대해서도 교장 선생님한테 말할 거야. 너랑 에밀리가 학교에 안전하게 다니고 앞으로 괴롭힘을 당할 일이 없도록 학생들 교육을 철저히 하게 만들어야지. 교장 선생님한테 아나이스라는 애가 너를 노려봤다는 얘기는 안 할게. 그래도 무슨 일이 생기면……."

"곧장 말할게."

엄마가 말했다. "오로르, 엄마나 아빠한테는 뭐든 말해도 돼."

"알아. 그냥 걱정시키기 싫었어."

아빠가 말했다. "자식을 걱정하는 건 부모가 당연히 해야 할 일이야."

"그래도 내일 학교 수업이 끝나고 경찰서에 가는 건 걱정할 일이 아니지?"

엄마와 아빠가 또 서로 마주 봤다. 엄마가 말했다. "주베 경위님이 경찰서로 오라고 하셨어?"

"나는 뛰어난 형사니까!"

아빠가 말했다. "그게 전부는 아닌 것 같아."

엄마가 말했다. "무슨 뜻이야?"

"오로르가 아주 영리한 건 나도 잘 알지. 그렇지만 주베 경위님이 오로르를 부관으로 임명하기까지는 그 이상의 뛰어난 면을 봤기 때문이 아닐까?"

엄마가 말했다. "정말 천생 소설가야. 어떤 일에도 반전이나 비밀이 있을 거라고 상상하잖아."

"오로르한테 정말 남다른 재주가 있을 거야."

나는 얼굴이 빨개졌다. 엄마나 아빠한테 절대 밝힐 수 없는 비밀을 들킬까 봐 조마조마했다.

그래서 나는 태블릿에 적었다.

"경찰 업무는 극비야."

경찰 업무는 극비야.

★

이튿날 언니는 학교에 가지 않았다. 나는 학교에 가기 전에 언니 방에 들렀다. 언니는 말이 없었다. 내가 언니를 껴안자 언니의 몸이 굳었다.

언니가 말했다. "내가 멍청해 보이지?"

나는 태블릿에 적었다. "한 번도 그런 생각한 적 없어."

"아냐. 나는 멍청해."

"언니한테 못된 일을 한 못된 사람들 때문에 어쩔 수 없이 그랬던 것뿐이야."

"더 슬기롭게 행동할 수도 있었어. 맞싸울 수도 있었어. 그런데 어떻게 싸워야 할지 모르겠어. 나는 겁쟁이야!"

"아냐, 그렇지 않아! 언니는 아주 용감하고 똑똑해!"

"루시가 행방불명됐을 때에도 오로르 네가 찾아냈잖아. 경찰관들보다 네가 똑똑하니까 형사가 너를 부관으로 임명했겠지."

엄마가 나를 불렀다. 아빠랑 학교에서 만나기로 약속했으니까 늦지 않게 학교에 가야 한다고 했다.

언니가 말했다. "봐, 엄마 아빠까지 나 때문에 학교에 가게 됐어."

"못된 애들이 집단으로 언니를 공격했잖아. 언니 혼자 힘으로는 걔들을 다 상대할 수 없어."

엄마가 또 나를 불렀다. 나는 언니를 다시 한번 껴안았다. 언니는 베개에 얼굴을 묻고 엎드렸다.

"이제 학교는 두 번 다시 가기 싫어!"

"아니, 그 못된 애들을 두 번 다시 보기 싫은 거지. 학교는 중요해. 학교는 좋은 곳이야."

"남을 괴롭히는 애들이 사방에 있는 학교는 좋은 곳이 아니야!"

"엄마 아빠가 바로잡을 거야."

엄마가 소리쳤다. "오로르, 어서."

나는 언니한테 적었다. "저녁에 만나!"

그리고 달려갔다.

학교에 가는 길에 엄마는 어젯밤에 교장 선생님한테 이메일을 보내서 급히 만날 약속을 정했다고 말했다.

내가 말했다. "엄마가 아빠랑 다정한 게 보기 좋아."

엄마는 말없이 고개만 끄덕였다.

"아빠도 샤를 아저씨를 알아?"

엄마가 또 고개를 끄덕이고 이번에는 말을 덧붙였다. "내가 좋은 사람을 만나서 아빠도 기쁘대."

"좋네."

"너는 어때? 샤를이 마음이 들어? 전에 물어봤을 때 별말 없었잖아."

"친절했어."

"숨기고 말 안 하는 거 다 알아."

그렇지만 샤를의 생각을 읽었다고 엄마한테 말할 수는 없다. 내 신비한 능력을 엄마가 알게 되면 엄마와 나의 관계는 완전히 달라질 테니까.

"나도 엄마가 샤를 아저씨를 만나서 좋아."

그러나 엄마는 '애가 또 알쏭달쏭하게 말하네' 하는 표정으로 나를 보았다.

아빠는 학교 앞에서 조지안느 선생님과 이야기하며 기다리고 있었다. 아빠가 나를 번쩍 안고 오늘 아침에는 언니가 어땠는지 물었다. 나는 있었던 일을 그대로 말했다. 아빠의 표정이 굳었다.

아빠가 엄마한테 말했다. "교장이랑 할 얘기가 많네."

나는 엄마와 아빠한테 포옹으로 작별 인사를 하고, 조지안느 선생님이랑 교실로 들어갔다.

조지안느 선생님이 말했다. "못된 애들이 무슨 짓을 할지 모르니까 오늘은 더 정신 바짝 차리자."

그날 나쁜 일은 없었다. 아나이스는 점심시간에 나를 보며 두 번 미소를 지었고, 내 책상에 쪽지를 남겨 놓기도 했다. 수업이 다 끝난 뒤에 자기 '친구들'과 놀자는 쪽지였다. 나는 책상 안에 있는 펜과 종이를 꺼냈다.

나도 같이 놀고 싶어. 그런데 오늘은 중요한 일이 있어. 무슨 일인지는 말할 수 없어. 다음에 같이 놀자. 어때?
  친구 오로라가.

마지막 수업이 끝나기 전에 아나이스의 책상에 쪽지를 올려놨
다. 수업이 다 끝난 뒤에 카마일라르 선생님이 나를 불렀다. 선생
님은 언니가 겪은 일을 교장 선생님한테서 다 들었다고 말했다.
그리고 그 일에 낀 학생들은 모두 불려가서 이런 일이 또 생기면
그냥 넘어가지 않을 것이라는 주의를 들었다고 했다.

담임 선생님이 물었다. "못된 편지는 그 뒤로 없었지?"

나는 고개를 끄덕이고 태블릿에 적었다. "아주 좋은 편지는 받았
어요."

"좋은 변화네!"

학교에서 나가면서 조지안느 선생님한테 경찰서에 들러야 한다
고 말했다.

"새로운 사건이야?"

"아마도요……."

"정말 비밀을 잘 지키네!"

"비밀을 항상 중요하게 여기지 않았으면 경위님이랑 친해질 수도, 부
관이 될 수도 없었겠죠. 그렇지만……."

나는 경찰서에서 멀지 않은 곳에 있는 작은 공원의 벤치를 가리

켰다. 선생님은 할 말이 있다는 내 뜻을 알아채고 고개를 끄덕였다.

"자, 말해, 오로르."

"음, 만약에 선생님이 선생님이랑 가까운 사람한테 중요한 어떤 사람의 비밀을 알게 됐다고 쳐요. 그 비밀이 밝혀지면 두 사람 관계가 완전히 바뀔 수도 있고……."

선생님은 내 말을 한참 생각한 뒤에 말했다. "그 비밀을 어떻게 알게 됐는지에 따라서 달라지겠지."

"어떻게 알게 되다니요?"

"혹시 너의 신비한 능력으로 안 좋은 비밀을 알게 됐니?"

나는 고개를 끄덕였다.

"누구를 해치려는 비밀?"

"아뇨. 그런 비밀은 아니지만, 밝혀지면 알게 된 사람이 크게 상처를 받기는 할 거예요."

"그거 심각하네. 무슨 일인지 나한테 얘기하면 안 될까? 싫다고 해도 괜찮아."

"선생님을 전적으로 믿어도 되는 건 저도 잘 알아요. 그렇지만 정말 모르겠어요. 저는 전혀 이해할 수 없는 어른들의 문제를 알게 된 것 같아요."

"나한테 얘기해. 누구한테도 절대 말하지 않을게."

선생님은 그 말을 하면서 내 팔을 꽉 잡았다. 조지안느 선생님은 정말 좋다. 항상 내 편이 되어 준다. 그리고 언제라도 전적으로 믿을 수 있다. 그래서 선생님한테 다 설명했다. 엄마의 새 애인인

엄마한테 말하면 너의 비밀 능력이 들통날 거야.

샤를과 주말을 함께 보낸 일, 엄마는 샤를을 사랑하는 것 같고, 샤를이 엄마한테 자기는 결혼한 적 없고 아이도 없다고 말한 일. 그리고 내가 샤를의 눈 너머로 생각을 읽었을 때…….

이야기를 마치자 선생님의 표정이 굳었다.

"좀 심각한 비밀이네."

"제가 어떻게 해야 할까요?"

선생님은 한참 동안 골똘히 생각한 뒤에 말했다.

"엄마한테 말하면 너의 비밀 능력이 들통날 테고, 그러면 네 엄마 아빠는 그동안 네가 네 능력을 숨긴 걸 의아하게 생각할 거야. 그리고 자기들 비밀을 네가 다 알고 있는 게 아닐까 신경 쓸 테고. 입 밖으로는 내지 않고 생각만 하고 있던 일들을 네가 다 알고 있다면, 무척 당황스럽겠지. 너의 능력은 계속 비밀로 간직하는 게 좋겠어. 그렇지만 지금은 중요한 문제가 하나 더 있어. 그 샤를이라는 남자가 엄마를 정말 사랑하는 것 같아? 생각에서 읽은 거 없어?"

"엄마랑 아저씨, 둘 다 정말 행복해 보였어요. 아저씨의 사랑이 거짓이라는 생각은 없었어요."

"그래도 아이가 없다고 말한 건 솔직한 게 아니잖아. 사실을 숨기는 데에는 이유가 있을 거야. 선의의 이유일 수도 있고, 아주 나쁜 이유일 수도 있지. 그래도 네가 끼어들어서 엄마한테 샤를이 거짓말했다고 말하는 건…… 위험해. 그리고 네가 끼어들 일도 아니야. 엄마한테 큰 위험이 닥칠 거라고 느끼면 모를까…….

"엄마가 그 사실을 알게 되면 정말 상처받을 테니까 위험하죠."

"그럴 수도 있지. 그렇지만 그 남자는 엄마가 선택한 사람이야. 엄마는 그 남자의 말도 다 믿기로 선택했지. 너희 엄마가 잘못했다는 말이 아니야. 다만, 전에도 너한테 말했듯이, 각자의 선택, 각자의 행복은 다 자기 책임이야. 그 샤를이라는 사람이 너희 엄마를 이용하거나, 너희 엄마한테서 뭘 뜯어내거나, 못된 행동을 하려 하면…… 그래, 그러면 곧장 그 사람의 비밀을 너희 엄마한테 말해야지. 그리고 너의 신비한 능력도 밝혀야 하고. 그렇지만 아직은…….."

선생님은 말을 끝맺지 않았다. 나는 선생님의 말뜻을 이해했다. 태블릿에서 삐 소리가 났다. 멜빌 형사의 문자 메시지였다.

기다리고 있어!

내가 말했다. "이제 가야 해요. 고맙습니다!"

"의논할 사람이 필요하면 언제라도 내가 옆에 있다는 걸 잊지 마."

"어른들은 정말 복잡하게 살아요."

"그건 '내가 정말 원하는 게 뭘까?' 하는 중요한 질문을 자신한테 던지고 선택해야 할 때가 많아서 그래. 그리고 그 질문에 대한 답을 아는 사람은 별로 없으니까."

★

"안녕, 오로르 부관!"

경찰서 안내 데스크에 있는 경찰관한테 신분증을 보여 줄 때 멜빌 형사의 목소리가 들렸다. 멜빌 형사는 나를 보며 환하게 웃고 있었다. 옆에는 파야르 형사가 서 있었다. 파야르 형사는 못마땅한 표정으로 커다란 서류철을 들고 있었다.

"오로르 부관." 파야르 형사는 나를 대수롭지 않게 여긴다는 사실을 확실히 알리는 목소리로 말했다.

나는 파야르 형사한테 미소를 보냈다. 파야르 형사의 표정이 더 굳었다.

파야르 형사는 서류철을 나한테 건네며 말했다. "사건 파일이야. 읽고 이해할 수 있으면 좋겠네."

멜빌 형사가 말했다. "오로르는 다 이해할걸."

"두고 보면 알겠지. 어쨌든 내가 사건에 관련된 사람들을 다 인터뷰했어. 델핀의 아버지는 4년 전에 죽었어. 새엄마는 최선을 다해서 델핀을 키웠지만, 델핀은 걸핏하면 화내고 나쁜 짓을 많이 했어. 새엄마의 자식들도 집에서 같이 살았어. 펠릭스는 공증인이고, 아만딘은 퐁트네 중심가에서 마사지숍을 운영하고 있어. 델핀의 새엄마와 의붓남매들 모두 델핀한테 잘했대. 주위 사람들이 다 그렇게 말했어. 그런데 델핀은 만족하는 법이 없었대. 그러다가 델핀의 아버지가 아끼던 책들이 없어지기 시작했어. 파리에서 고서적을 파는 곳들을 수사해서 그 책들의 행방을 찾아냈는데, 그 책들을 구입한 서적상은 델핀이 주말마다 책을 팔러 왔다고 증언했어. 델핀한테 지금까지 책값으로 2만 유로를 넘게 줬대."

내가 말했다. "큰돈이네요!"

멜빌 형사가 말했다. "귀하고 값진 책들도 있어."

파야르 형사가 이어서 설명했다. "델핀 아버지가 귀한 책을 수집했거든. 어쨌든 주베 경위님 말씀대로, 새엄마가 델핀을 절도죄로 신고했어. 그래서 싸움이 벌어지고……."

내가 물었다. "싸움은 누가 목격했어요?"

"쟈신타. 쟈신타는 그 집에서 일하는 가사노동자야. 소란스러운 소리에 거실로 나와서 보니 델핀이 새엄마랑 싸우고 있더래.

사건 파일이야. 읽고 이해할 수 있으면 좋겠네.

오르는 다 이해할걸.

4년 전에 죽은 아버지
델핀을 키운 새어머니
델핀(까다로운 성격?)
아만딘(마사지숍)
펠릭스(공증인)
친절한 사람들?
아버지의 오래된 책들
2만 유로
많은 돈

쟈신타는 델핀이 새엄마와 싸우는 것을 목격했다.

델핀이 완전히 이성을 잃고 새엄마한테 욕을 퍼부었대. 새엄마는 쟈신타의 부축을 받아서 자기 방으로 들어가고, 델핀은 밖으로 튀어나갔대. 쟈신타는 그날 오후 6시까지 일했고, 델핀이 집에 돌아온 걸 봤어. 쟈신타가 델핀한테 이제 좀 진정됐느냐고 물었더니, 델핀이 괜찮다고 대답했대. 그런데 그날 밤에 펠릭스가 집에 왔는데, 어머니는 없어지고 거실 바닥에 핏자국이 있었대. 책이 더 사라졌고, 델핀도 사라졌어. 그리고 이틀 뒤에 파리 북역에서 경찰관이 델핀을 체포했어. 델핀은 돈이 가득 든 가방을 들고 런던행 기차를 타려고 했어."

멜빌 형사가 말했다. "델핀이 주장하기로는, 서적상이 심부름을 시켰대. 런던에 가서 디킨슨 희귀본을 구입하라고 말이야. 돈 가방은 서적상한테서 받은 거고."

파야르 형사가 말했다. "그런데 델핀은 런던에서 태국으로 가는 비행기표도 가지고 있었어. 태국은 물가도 싸니까 4만 유로 정도면 오랫동안 생활할 수 있지. 델핀의 가방에 들어 있던 돈이 4만 2000유로였어. 그리고 서적상은 델핀한테 디킨스 희귀본을 사라고 돈을 준 적이 없대. 다 델핀이 지어낸 거짓말이라고 했어."

내가 말했다. "그럼, 델핀이 유죄라는 증거밖에 없네요. 델핀만 무죄를 주장하고."

파야르 형사가 말했다. "당연히 델핀은 자기가 무죄라고 말하겠지. 자기가 미워한 새엄마와 의붓남매한테서 탈출할 계획으로 아주 영리하게 범죄를 꾸몄으니까."

델핀은 돈이 가득 든 가방을 들고
런던행 기차를 타려고 했다.

파야르 형사의 휴대폰에서 벨이 울리기 시작했다. 휴대폰 화면을 본 파야르 형사는 꼭 받아야 할 전화라고 했다.

파야르 형사가 복도 저쪽으로 가며 우리에게 말했다. "잘 해결하기를 빌게. 장담하는데, 델핀이 범인이야."

멜빌 형사의 차에 탄 뒤에 내가 말했다.

"파야르 형사님은 왜 델핀이 범인이라고 저렇게 주장하나요?"

"파야르 형사는 자기가 일단 옳다고 생각하면 주장을 굽히지 않아. 자기가 제일 많이 알고 있다고 확신하지."

"파야르 형사님 생각이 맞을 때가 많아요?"

"대부분은 그래. 그렇지만 나는 이번 사건이 겉으로 드러난 것보다 많은 비밀이 숨어 있는 것 같은 직감이 들어. 증거는 전부 델핀이 유죄인 것 같지만 말이야."

"지금은 어디로 가요?"

"그 집. 델핀의 의붓남매인 펠릭스를 만나기로 했어. 집이 으리으리해. 파야르 형사는 그 집을 보고 감탄하더라."

"형사님은 감탄하지 않으셨어요?"

"나는 돈에 감탄하지 않아. 돈에 관심이 많았으면 형사가 되지 않았겠지. 트윙고를 몰지도 않았을 거고."

나는 멜빌 형사가 모는 트윙고 자동차가 좋았다. 흰색이고, 작고, 조금 찌그러졌다. 자동차 뒷좌석에는 책과 서류가 쌓여 있었다. 멜빌 형사의 부인은 고등학교에서 철학을 가르친다고 했다. 대학교에

나는 돈에 감탄하지 않아. 돈에 관심이 많았으면 형사가 되지 않았겠지.

서 1학년 때 만나서 지금까지 20년 가까이 함께 지냈는데 네 살짜리 딸이 있고, 이름은 발레리다. 멜빌 형사는 그렇게 말하고 덧붙였다. "나는 행운아라고 자주 생각해. 우리 가족은 아주 행복하고, 내 직업에도 아주 만족해. 너도 알게 되겠지만 자기가 하는 일에 만족하는 사람은 보기 드물어."

"왜 사람들은 좋아하지도 않는 직업을 선택해요?"

"돈 때문일 때도 있고, 교육 때문일 때도 있지. 부모가 시켜서 할 때도 있어. 또, 위험을 감수하면 안 되고 '평범한' 일을 해야 한다는 흔한 생각 때문일 수도 있어. 하지만 내가 형사 생활을 하면서 배운 교훈이 있다면, '평범한 삶'이란 건 어디에도 없다는 사실이야."

커다란 나무들이 늘어선 거리에 있는 아주 커다란 집 앞에 도착했다. 옆에는 또 커다란 집들이 있었다. 돈이 아주 많은 사람들이 사는 동네였다. 집마다 커다란 문이 있고, 번쩍대는 커다란 자동차들이 있었다.

"델핀이 여기서 자랐어요?"

"그래. 델핀의 아버지는 아주 성공한 변호사였어. 어머니는 화가였는데 델핀이 여덟 살 때 집을 나갔대. 여덟 살 때 갑자기 엄마가 없어진 게 얼마나 큰일이었을지는 너도 알겠지? 그러다가 몇 년 뒤에 아버지가 트레멩이랑 재혼하고…….."

내가 물었다. "새엄마 이름이 트레멩이에요?"

멜빌 형사가 웃으며 고개를 끄덕인 뒤에 물었다.

흰색이고, 작고, 조금 찌그러진 자동차.

커다란 나무들이 늘어선 거리에 있는 아주 커다란 집.

"나랑 같은 생각을 하고 있지? 하필 새엄마의 이름이 신데렐라의 새엄마 이름이랑 같아. 재미있지?"

나는 씩 웃으며 말했다.

"형사님도 생각을 잘 읽으시네요."

우리는 차를 세우고 정문 초인종을 눌렀다. 문에 작은 스피커가 있었는데, 멜빌 형사가 거기에 대고 우리가 어디에서 왔는지 말했다. '찡' 하는 소리가 울리고 문이 자동으로 열렸다! 우리는 정원에 난 길을 따라 한참을 걸어갔다. 커다란 검은색 현관문이 열렸다. 검은색 옷에 하얀색 앞치마를 한 사람이 서 있었다. 그 사람은 우리를 보고 어색한 웃음을 지었다. 그 사람의 생각이 금방 내 눈에 보였다.

'경찰이 또 왔네. 질문을 또 받겠어! 그런데 이 어린애는 도대체 누구지?'

나는 글을 쓴 태블릿을 쳐들었다. "쟈신타 씨 맞으신가요?"

"내 이름을 어떻게 알았니?"

"저는 형사예요!"

쟈신타의 눈이 휘둥그레졌다. 멜빌 형사가 말했다.

"펠릭스 씨를 만나러 왔습니다."

"2층 서재로 가세요."

집은 아주 크고, 옛날 스타일이었다. 가구는 아주 오래전에 만든 것 같았다.

콧수염을 기르고 군복을 입은 남자들, 벨벳 텐트 안에 들어 있는

'찡' 하는 소리가 울리고 문이 자동으로 열렸다!

저는 형사예요!

것 같이 아주 큰 드레스를 입은 여자들. 이런 사람들의 초상화들을 보며 멜빌 형사가 말했다. "나폴레옹 3세 시대에 온 거 같네."

내가 말했다. "아빠한테서 나폴레옹 3세 얘기를 들은 적 있어요. 나폴레옹 3세가 파리를 다시 일으켜 세웠다면서요? 이 집도 지었어요?"

"아니, 그렇지만 이 집의 주인은 자기가 황제라고 생각하는 것 같아."

거대한 대리석 계단을 올라가는데, 개 짖는 소리가 들렸다. 개는 뭘 뒤쫓고 있는 것 같았다. 이어서 어떤 목소리가 들렸다.

"세드릭, 공을 나한테 가져와!"

나는 갑자기 눈이 휘둥그레져서 걸음을 멈췄다. 분명히 내가 아는 사람의 목소리였다.

멜빌 형사가 물었다. "왜 그러니?"

나는 '쉿' 하는 몸짓으로 손가락 하나를 입술에 댔다. 그리고 말없이 계속 계단을 올라가자고 손짓했다. 2층에 올라가자 갈색과 흰색이 섞인 개가 테니스공을 물고 나한테 달려왔다. 개 뒤에는 딱 내 또래의 여자애가 있었다. 나랑 같은 반인 애. 내가 아주 잘 아는 애. 나의 적이 되기로 한 애. 바로 아나이스였다.

아나이스.

★

아나이스는 나를 보고 충격을 받아서 입을 떡 벌리고 멈춰 섰다.

"오로르?"

나는 미소를 지었다.

"안녕 아나이스? 여기엔 어쩐 일이야?"

아나이스는 아주 금방 화를 냈다.

"여기 어쩐 일이냐고?? 난 여기 살아. 펠릭스 아저씨랑. 너야말로 여기 어쩐 일이야?"

"경찰 업무로 왔어."

"거짓말."

멜빌 형사가 경찰 신분증을 꺼냈다. "오로르 말은 거짓말이 아니야."

나도 신분증을 꺼내서 아나이스한테 내보였다. 아나이스가 입을 떡 벌렸다.

아나이스가 나한테 물었다. "너 경찰이야?"

"나는 형사야!"

아나이스가 혼잣말했다. "아니, 이건……."

나는 아나이스의 생각을 읽을 수 있었다.

'말도 안 돼. 큰일 났네! 형사라니, 내가 형사를 괴롭혔어! 오로르는 고모할머니 때문에 왔겠지? 오로르는 내가 학교에서 애들을 괴롭히는 걸 다 아는데! 오로르가 펠릭스 아저씨한테 다 얘기하면 나는 아저씨한테 엄청나게 혼날 게 틀림없어.'

나는 '애들을 괴롭혔다는 걸 너도 인정하는구나!' 하고 말하고 싶었다. 그렇지만 그 말은 하지 않고 다시 미소만 지었다. 내가 이제 너를 파악하기 시작했다는 뜻을 담은 미소였다.

내가 태블릿에 썼다.

"이분은 멜빌 형사님이셔. 펠릭스 씨한테 질문할 게 있어. 너희 어머니 아버지는 어디 계셔?"

"2년 전에 두바이로 가서 거기서 살아. 아빠가 석유 일을 해. 어, 그리고 엄마 아빠는 여행을 좋아해. 나는 외둥이야. 아빠가 두바이에서 일하게 됐을 때 사람들이 다 나한테 거기가 사막의 디즈니랜드랬어. 그치만 엄마 아빠는 나한테 프랑스에서 계속 학교에 다니는 게 좋겠다며, 나를 여기로 보냈어. 펠릭스 아저씨랑 아만딘 아주머니는 우리 아빠 사촌이야. 아빠 고모의 자식들."

펠릭스 씨한테 질문할 게 있어.

아주 낮은 목소리가 뒤에서 들렸다.

"아나이스, 당숙이라고 해야지. 그리고 빼먹은 말이 있잖아. 네가 여기서 잘 지내고 있어서 부모님이 만족하고 있고, 그래서 내년에도 이곳 퐁트네에 있게 됐다는 거."

아나이스는 그 말에 얼굴을 찌푸렸다. 나는 아나이스가 엄마 아빠를 얼마나 그리워하는지, 여기서 얼마나 외로운지 알 수 있었다. 아나이스 뒤에 선 남자는 아주 키가 크고 짙은 회색 양복을 입은 채 아나이스를 빤히 보고 있었다. 여기서 지내는 게 정말 좋다는 말을 아나이스 입으로 듣기를 기다리고 있는 것 같았다.

"맞아요, 당숙. 여기서 정말 잘 지내고 있어요."

그렇지만 목소리는 정반대였다. 펠릭스도 아나이스의 목소리에서 그 사실을 알아챈 것 같았지만 모른 척했다. 그리고 멜빌 형사한테 손을 내밀어 악수를 청했다.

"멜빌 형사님이시죠? 반갑습니다. 펠릭스입니다. 파야르 형사님한테서 수사를 넘겨받으셨다고요?"

멜빌 형사가 말했다. "어디서 들으셨나요?"

"주베 경위님이 전화하셨습니다. 멜빌 형사님을 최대한 노와드리라고 하더군요. 따님과 같이 오셨나 봅니다."

멜빌 형사가 말했다. "오로르는 부관입니다."

아나이스가 말했다. "나랑 같은 반이기도 해요." 겁먹고 떠는 목소리였다. 학교에서 다른 애들을 괴롭히던 모습과는 완전 딴판이었다.

"아나이스랑 같은 반인 아이가 경찰 일을 맡았습니까? 그것 참 재밌네요! 형사님이랑 이야기하는 동안 너희는 아나이스 방에 가서 놀고 있으렴."

멜빌 형사가 말했다. "아뇨, 오로르 부관은 제 옆에 있어야 합니다. 아나이스는 방으로 가는 게 좋겠습니다."

그 말에 아나이스는 깜짝 놀랐다.

내가 아나이스에게 말했다. "미안하지만 경찰 업무는 비밀이라서!"

펠릭스도 달갑지 않은 얼굴이었다.

"왜 제 조카인 아나이스가 같이 있으면 안 되는지 모르겠군요. 어머니 실종이 전부 델핀 짓인 게 증명됐잖습니까. 델핀이 큰돈을 가지고 프랑스에서 달아나려다가 붙잡혔고……."

멜빌 형사는 손바닥을 들며 펠릭스의 말을 막았다.

"오로르 부관이 말했듯이 이건 경찰 업무라서……."

펠릭스가 말했다. "변호사를 부르겠습니다."

멜빌 형사가 말했다. "그 전에 우선 어떤 질문인지 들어 보시죠?"

펠릭스는 그 말을 생각한 뒤 아나이스한테 방으로 가는 게 좋겠다고 말했다.

아나이스는 가기 싫어하는 표정을 짓고 나한테 애원하는 눈빛을 보냈다. 나는 아나이스의 생각을 읽었다.

'내가 학교에서 못되게 구는 건 말하지 마. 펠릭스 아저씨가 나를 가만두지 않을 거야!'

나는 태블릿에 빠르게 썼다.

"경찰 업무가 끝나면 네 방으로 갈게. 우리도 친해질 수 있어!"

아나이스는 계속 고개를 끄덕거렸다. 아나이스가 자기 방으로 가려고 할 때 아래층에서 문이 열리는 소리가 나더니 어떤 사람이 아주 큰소리로 말했다.

"경찰이 또 왔다고?"

펠릭스가 아래층으로 소리쳤다.

"우리 위층에 있어!"

아나이스가 나한테 말했다. "아만딘 아주머…… 당고모야."

아만딘은 키가 펠릭스만 했다. 몸에 딱 붙는 빨간색 레깅스와 티셔츠를 입고, 그 위에 테두리가 금색으로 장식된 커다란 흰색 파카를 입었다. 신발은 커다란 흰색 운동화고, 커다란 금색 귀고리를 하고, 커다란 금색 손목시계를 찼다. 아만딘은 곧장 아주 다정한 표정을 지으며 아나이스를 껴안고 반갑다고 인사했다. 아나이스는 어색한 미소를 지었다.

나는 아나이스의 생각을 읽을 수 있었다.

'경찰이 있으니까 당연히 나한테 다정한 척하겠지…….'

아만딘은 나를 보며 아주 크고 하얀 이를 드러내고 환하게 웃었다. "이 예쁜 아이는 누구야? 아나이스 친구니?"

멜빌 형사가 나에 대해서 설명한 뒤에 물었다.

"펠릭스 씨와 남매신가요?"

아만딘이 고개를 끄덕였다.

아만딘도
키가 아주 컸다.

경찰이 있으니까 당연히 나한테 다정한 척하겠지.

"퐁트네 중심가에서 마사지숍을 운영하시죠?"

아만딘은 고개를 또 끄덕인 뒤에 물었다.

"수사는 끝난 거 아닌가요?"

"저와 부관이 몇 가지 질문을 드리려고요."

아만딘이 나를 향해 눈을 부라리며 말했다. "장난하시는 거예요?"

펠릭스가 헛기침을 하며 아만딘을 보았다. '친절하게 행동해'라고 말하는 눈빛이었다.

그리고 펠릭스는 손을 내저으며 아나이스한테 방으로 가라고 손짓했다. 아나이스는 나가기 전에 멜빌 형사한테 말했다.

"다 끝나면 오로르를 제 방으로 보내 주세요."

멜빌 형사가 말했다. "물론이지."

나는 태블릿에 적었다. "나도 정말 좋아!"

아나이스가 방을 나가자마자 아만딘이 말했다.

"이 말 못하는 애가 산타클로스라도 되나요? 사람들이 착하게 행동하는지 못되게 구는지 판별하러 왔어요?"

펠릭스가 말했다.

"형사님이 말씀하신다잖아."

아만딘은 내 뺨을 살짝 꼬집으며 말했다. "아, 그냥 농담이었어!"

나는 아만딘의 생각을 읽었다.

'경찰이 언제 수사를 종결하고 델핀을 교도소에 가둘 거지? 이제 잠잠해질 때도 되지 않았나?'

나는 멜빌 형사한테 내가 먼저 질문을 해도 괜찮을지 물었다.

멜빌 형사가 말했다. "물론이지."

　나는 펠릭스한테 질문했다.

"트레멩 씨가 델핀을 학대한 적이 있나요?"

　펠릭스가 말했다. "그건 파야르 형사님한테 전에 다 말한 겁니다."

　멜빌 형사가 말했다. "저희가 새로 맡게 됐으니까……."

　아만딘이 펠릭스를 대신해서 대답했다.

"우리 어머니는 델핀의 아버지를 사랑하게 됐어요. 아주 이기적인 전처한테서 버림받은 뒤였죠. 델핀의 아버지가 다시 행복을 찾은 건 우리 어머니를 만난 뒤였어요. 우리 어머니는 델핀한테도 잘하려고 노력했어요. 그런데 델핀은 자기 엄마한테 버림받았다고 늘상 화가 나 있었어요. 그런 면은 불쌍했죠. 우리 모두 안됐다고 생각했어요. 하지만 델핀은 아무리 다정하게 대하려고 해도 받아들이질 않았어요. 델핀한테 좋은 새엄마가 되려고 정말 애쓴 우리 어머니한테도 전혀 마음을 열지 않았어요. 델핀 아버지가 병들어서 죽어 갈 때에도 우리 어머니가 밤낮으로 간호했어요. 그런데 델핀은 우리 어머니를 더 미워했어요. 우리 어머니가 자기 아버지를 독차지했다고 비뚤어진 상상을 한 거죠."

　멜빌 형사가 말했다. "제 경험으로는, 아이들은 학대를 받지 않는 한 계부나 계모한테 반항하지 않습니다. 더구나 친부모가 다 없을 위기에 처하면, 절대 계부나 계모한테 못되게 굴지 않아요."

　펠릭스가 말했다. "의붓자식이 있으신가요? 계모나 계부 밑에서 자라셨나요?"

"아뇨, 그런 식으로 생각하지 마세요. 뭐든 개인이 직접 경험해 봐야만 알 수 있다는 생각은……."

아만딘이 말했다. "그렇지만 고아들이 자기를 돌본 사람들한테 반항하는 건 사실이잖아요."

나는 태블릿을 쳐들었다.

"그렇지만 이 상황은 달라요. 8년 전에 델핀 아버지가 이 집에 트레멩 씨와 두 분을 들였죠. 그리고 델핀의 아버지가 세상을 떠났어요. 그러면 이제 델핀은 자기 것을 모두 다른 사람들한테 빼앗겼다는 생각이 들 테고……."

"우리가 델핀 걸 빼앗았다고?!" 아만딘의 말이 펠릭스의 귀에는 너무 크게 들렸나 보다. 펠릭스가 아만딘을 막고 차분하게 말했다. "델핀이 우리를 괴롭혔습니다. 계속 화내고 폭력적으로 굴고……."

내가 물었다. "델핀이 훔쳤다고 하는 책은 몇 권이죠?"

펠릭스가 말했다. "아주 값비싼 책 스무 권쯤 됩니다. 틀림없이 델핀이 훔친 겁니다."

"그 책들이 원래 누구 것이죠?"

펠릭스와 아만딘은 대답을 못했다.

"델핀의 아버지 책이죠?"

아만딘이 말했다. "그 사람이 죽은 뒤에 어머니가 다 상속받은 거야."

"그 사람." 내가 아만딘의 말 중에 그 말을 되풀이하자, 아만딘은 경계하는 표정을 드러냈다. 나는 그 표정을 확인한 뒤에 계속 말했다.

"델핀의 아버지가 돌아가신 뒤에 트레멩 씨가 책을 모두 물려받지는 않았죠?"

"유언장에 그렇게 적혀 있었어. 죽기 전에 유언장에 서명했다고."

"이 집은 어떤가요? 델핀한테는 전혀 돌아간 게 없나요?"

"우리 어머니랑 델핀이 반씩 물려받았어."

"그런데 여러분 모두가 여기에 살고 계시네요. 그리고 이제 어머니가 실종됐고요. 델핀한테 모든 죄가 씌워져 있고요."

펠릭스가 말했다. "맘대로 생각하시죠. 사실은 이겁니다. 델핀의 아버지가 델핀이 불안정하다는 걸 잘 깨닫고 이 집과 재산을 자기 아내인 우리 어머니와 나누도록 유언했습니다. 그러자 델핀이 몹시 화를 냈어요. 우리 어머니가 책을 다 물려받은 것에도 몹시 화를 냈습니다. 어머니와 델핀이 싸웠어요. 그리고 어머니가 사라졌고, 핏자국이 발견됐습니다. 델핀은 프랑스를 떠나려고 했고……."

내가 적었다. "네, 네, 다 알고 있습니다. 그런데 왜 델핀이 책을 훔쳐서 팔아야 했을까요? 돈이 없었던 게 아닐까요?"

"어머니가 용돈을 줬는데 그걸 다 써 버렸나 보죠. 델핀은 돈을 물 쓰듯 했으니까요."

내가 물었다. "증거가 있나요?"

"은행 계좌를 확인해 보시죠. 델핀에게 약속한 용돈을 꼬박꼬박 줬으니까……."

"용돈이 얼마였나요?"

아만딘이 말했다. "한 달에 100유로."

"그럼, 일주일에 20유로가 조금 넘네요. 저도 용돈을 받아서 이해가 돼요. 하루에 3유로라니, 요즘은 정말 없는 거나 마찬가지예요. 그 돈으로는 파리까지 기차 왕복표도 못 끊어요."

펠릭스가 말했다. "델핀 아버지가 유언장에 적은 액수입니다." 그리고 아만딘한테 화제를 바꾸자고 눈짓했다. 그래도 아만딘은 계속 말했다.

"우리는 델핀한테 그 액수의 두 배를 줬어."

"그럼 하루에 6유로 조금 넘겠네요. 샌드위치 하나랑 음료수 하나는 살 수 있겠어요. 그렇지만 버스비도 안 남아요."

아만딘이 말했다. "학교에서 급식이 나오고, 밥은 집에서 먹으면 되고. 돈 쓸 데는 옷값이나 영화를 보거나 친구들이랑 놀러 갈 때뿐이잖아. 걔는 친구도 없지만. 돈이 더 필요하면 우리한테 달라고 하면 되고. 부족한 거 없었다고."

"어쨌든 돈을 달라고 말해야 했잖아요. 델핀한테는 그 돈이 아버지의 돈인데요."

펠릭스가 말했다. "아까 말했지만, 델핀 아버지가 유언장에 적은 걸 지킨 것뿐입니다. 델핀이 책임감 없는 아이라는 걸 델핀 아버지도 알았던 거죠. 도저히 믿을 수 없는 아이예요. 델핀은 자기 아버지가 죽어갈 때에도 계속 아버지랑 싸웠습니다."

"그때 우리 어머니는 델핀 아버지를 계속 돌봤죠. 우리 어머니는 성자였어요.”

‘성자였어요.’ 아만딘은 자기 어머니를 이제 이 세상에 없는 사람인 양 과거형으로 말했다. 죽었다는 증거는 아직 전혀 없는데! 멜빌 형사도 그걸 알아챈 게 분명했다. 멜빌 형사가 나를 보며 살짝 웃었다.

내가 말했다. “델핀의 방을 볼 수 있을까요?”

펠릭스와 아만딘은 서로 얼굴을 보았다. 펠릭스가 손목시계를 보더니 중요한 회의가 있어서 가야 한다며 멜빌 형사한테 이제 그만해도 괜찮을지 물었다. 델핀의 방은 아만딘이 안내할 거라고 했다. 멜빌 형사가 오늘은 이만하고 다음에 더 질문을 하겠다고 말했다. 나는 펠릭스의 생각을 읽으려고 그 눈을 한참 바라보았다. 펠릭스가 속으로 생각했다.

‘우선 아나이스한테 말을 해야 해.’

펠릭스가 말했다. “위층으로 올라가시죠. 저도 사무실로 가기 전에 아나이스한테 인사를 해야 하고요.”

그래서 또 커다란 계단을 올라갔다. 반드르르하게 윤이 나는 큰 나무 문들과 옛날 그림들을 더 지나갔다. 싱싱한 꽃들로 장식된 커다란 화병들이 곳곳에 놓여 있었다. 쟈신타와 똑같은 유니폼을 입은 두 사람이 가구의 먼지를 떨고, 아주 아름다운 카펫이 깔린 바닥을 진공청소기로 청소하고 있었다.

펠릭스와 아만딘은 집을 예쁘게 관리하는 데에 돈을 아주 많이 쓰고 있는 게 분명했다. 델핀한테 주는 용돈보다 꽃을 사는 데 드는 돈이 몇 배는 더 많지 않을까. 델핀의 방 앞에서 펠릭스는 우리한테 인사를 하고 복도 저쪽으로 가서 다른 문을 노크하더니 안에서 들어오라는 말이 들리기도 전에 휙 문을 열고 들어갔다. 아만딘이 델핀의 방문을 열었을 때 나는 꾀를 냈다.

아만딘에게 물었다. "화장실이 어디예요?"

"복도 저 끝으로 가."

아만딘과 멜빌 형사가 델핀의 방으로 들어갔다. 나는 복도를 쭉 걷다가 펠릭스가 노크하고 들어간 방문 앞에 멈춰 섰다. 아나이스의 방이 틀림없었다. 나는 방문에 귀를 댔다. 펠릭스의 말소리가 들렸다.

"너랑 같은 반이라는 애를 형사가 왜 데려왔는지 모르겠다. 어쨌든 아나이스 네가 여기 사는 걸 형사랑 걔가 알았으니까, 너한테 이 집 생활을 물어볼 게 틀림없어. 너는 아무것도 모르는 척해. 걔한테 아무것도 말하지 마. 아무것도. 한마디라도 했다가는 큰일 날 줄 알아. 아나이스 너, 학교에서 못된 짓 하지? 지난주에 니네 학교 교장한테서 전화를 받았어. 네가 다른 애들을 괴롭힌다며? 내가 네 아버지한테 전화 한 통만 하면, 너는 프랑스에서 제일 엄격한 기숙학교에 가야 할걸. 감옥 같은 곳으로. 그러니까 그런 데로 가기 싫으면……"

아나이스가 울음을 터뜨리고 뭐라 말했다. 그렇지만 울먹이는 소리여서 무슨 말인지 알아들을 수 없었다. 펠릭스가 쉭쉭대며 말했다.

델핀은 부족한 것 없이 살았어요.

개한테 한마디라도 했다가는 큰일 날 줄 알아.

"분명하게 말해, 아나이스. '약속합니다, 당숙. 그 이상한 오로르라는 애한테 이 집 얘기는 한마디도 안 하겠습니다.' 자, 어서 말해. 안 해? 그럼, 내가 네 아버지한테 전화해서 기숙학교로 보내야 한다고 말할까?"

아나이스가 훌쩍이면서 펠릭스가 시킨 대로 말했다. 나는 얼른 조용히 델핀의 방으로 돌아갔다. 작은 직사각형 방에는 모서리마다 기둥이 있는 침대 하나가 놓여 있었다. 고풍스럽고 예쁜 침대였다. 책이 아주 많고, 록 스타와 배우 사진 포스터들도 있었다. 델핀이 아기일 때 엄마 아빠와 함께 찍은 사진, 델핀이 어릴 때와 청소년 때 아빠와 찍은 사진 등등이 담긴 액자들이 선반 하나에 가득했다. 나는 그 사진들을 보며 놀랐다. 한참 동안 들여다보았다. 델핀이 자기 아빠를 보는 표정, 아빠가 델핀을 보는 눈빛에서 크나큰 사랑을 느낄 수 있었다. 델핀이 직접 그린 아빠의 초상화도 있었다. 그림 솜씨도 아주 뛰어났다. 그림에 적힌 날짜는 바로 두 달 전이었다. 나는 태블릿으로 그 그림을 촬영했다.

아만딘이 물었다. "그걸 왜 찍니?"

내가 대답했다. "예뻐서요."

노크 소리가 났다. 펠릭스였다. 아만딘을 손짓으로 불러서 귓속말을 했다. 나는 펠릭스가 뭐라 말하는지 금세 알아챘다. 펠릭스가 나간 뒤에 나는 아만딘에게 태블릿을 들어 보였다.

"저는 이제 아나이스 방에 갈게요."

"아나이스가 지금 몸이 안 좋아서 아무도 만나기 싫다네."

멜빌 형사가 물었다. "펠릭스 씨가 방금 그렇게 말했나요?"

아만딘이 고개를 끄덕였다. 나는 아만딘의 생각을 읽었다.

'이제 경찰을 내보내야 해.'

내가 멜빌 형사한테 말했다. "갈까요?"

멜빌 형사는 내 말뜻을 얼른 알아채고 아만딘한테 말했다. "이제 가겠습니다. 아나이스가 아프다니, 돌보러 가셔야죠?"

아만딘이 나를 내려다보았다.

"꼬마 형사님…… 보고 싶은 거 다 확인했어요?"

나는 아만딘을 올려다보았다.

"그런 것 같아요. 고맙습니다."

멜빌 형사가 나한테 말했다. "갈까?"

멜빌 형사와 나는 아만딘이 아나이스 방으로 가는 것을 보았다. 내가 태블릿에 뭐라고 쓰기 시작하자, 멜빌 형사는 밖에 나간 뒤에 말하자고 손짓했다.

나는 얼른 다시 썼다. "죄송합니다! 아직도 형사로서 배울 게 많네요."

우리는 아래층으로 내려갔다. 문가에 쟈신타가 서 있었다. 우리를 보고 안절부절못했다. 멜빌 형사가 차분하게 미소를 짓고, 문을 열어 줘서 고맙다고 인사했다. 밖으로 반쯤 나가다가 멜빌 형사가 휙 돌아서서 쟈신타한테 물었다.

"트레멩 씨가 델핀을 때리는 걸 처음 보신 게 언제인가요?"

쟈신타는 미처 생각할 틈도 없이 대답했다.

"불쌍한 델핀의 아버지가 돌아가신 바로 그날 밤이었어요."

"그 뒤로도 계속 때렸나요?"

쟈신타는 문득 깜짝 놀라서 눈을 깜박거렸다. 방심한 틈을 타서 갑자기 던진 질문에 진실을 털어놓고 말았다는 사실을 이제야 깨달은 것이다.

"제가 무슨 말을 했나요? 저는 아무 말도……."

멜빌 형사가 말했다. "아뇨, 말씀하셨습니다. 델핀의 새엄마인 트레멩 씨가 델핀을 때리는 걸 목격했다고 증언하셨어요. 자, 다시 묻겠습니다. 그 뒤로도 계속 때렸나요?"

쟈신타는 달아나고 싶은 얼굴로, 뒤를 돌아보며 아무도 없는지 확인했다. 아무도 없었다.

"한마디라도 하면 전 이 집에서 쫓겨나요."

나는 태블릿에 적었다.

"진실을 밝혀 주세요. 그러면 경찰에서 보호할 겁니다!"

쟈신타는 고개를 숙이고 바닥만 내려다보았다. 그러다가 작은 목소리로 말했다.

"그 못된 여자가 시도 때도 없이 델핀을 때렸어요. 그 여자만 그런 게 아니에요. 다 델핀을 때렸어요. 특히 아만딘 씨가 심했죠. 아만딘 씨는 델핀을 방에 가두고 문을 잠갔어요. 아주 자주. 저 사람들은 괴물이에요."

쟈신타는 말을 마치고 흐느끼기 시작하더니, 몇 년 전에 진작 신고했어야 했다고 말했다.

저 사람들은 괴물이에요.

내가 말했다.

"지금이라도 큰일을 하셨어요! 아주 용감하고 좋은 일을 하셨어요. 이제 정의가 실현될 수 있어요!"

차에 탄 뒤 멜빌 형사는 나를 보며 말했다.

"형사들의 기술 하나를 봤지? '기습 질문'이라는 거야. 상대를 방심하게 만든 다음에 불쑥 질문을 던지는 거지. 그러면 상대는 얼떨결에 진실을 털어놓게 돼. 딱 정곡을 찌르는 질문을 던져야 해. 기습 질문에 넘어가지 않는 사람도 있어. 그렇지만 일단 효과가 있으면, 상대가 밝히기 두려워하던 진실을 얻어낼 수 있어. 방금처럼."

"정말 대단했어요."

"중요한 건, 쟈신타 씨가 우리한테 진실을 말하고 싶었다는 사실이야. 쟈신타 씨는 델핀이 계모랑 의붓남매들한테서 학대를 당한 진실을 밝히고 싶었지만, 일자리를 잃는 게 두려웠던 거야. 아마도 트레멩과 그 자식들이 협박했겠지. 말하면 쫓아내겠다고."

내가 말했다. "펠릭스 씨는 아나이스도 협박했어요." 나는 화장실에 간다고 하고 아나이스 방문에서 귀를 대고 엿들은 대로, 펠릭스가 아나이스한테 나랑 집에 대한 이야기를 하면 기숙학교로 보내 버린다고 협박한 것을 멜빌 형사에게 말했다.

"정말 잘했어, 오로르!"

"델핀이 그린 그림을 보세요. 두 달 전에 그렸다고 적혀 있어요. 저 사람들 말대로 델핀이 아버지를 미워했다면 왜 이런 그림을 그렸겠어요? 그리고 델핀한테 용돈도 제대로 주지 않았다고 자기들이 시인했어요."

"아직 문제가 많아. 델핀이 계모와 의붓남매한테 학대를 당했고, 용돈도 제대로 못 받았다는 증거는 잡았지만, 그러면 계모의 학대를 견디다 못한 델핀이 계모를 해쳤을 거라는 파야르 형사의 주장을 더 크게 뒷받침할 뿐이야. 그리고 델핀이 큰돈을 들고 있는 상태로 붙잡혔으니⋯⋯."

"그러니까 아직 할 일이 많죠! 파리에서 델핀의 책을 샀다는 그 서적 상을 만나야 해요."

"그 사람은 파야르 형사가 벌써 만났다고 하는데, 그래도 네 말이 맞아. 그 사람이 왜 델핀한테 돈 가방을 줬을까?"

"이 사건에는 아직 의문점이 많은데 파야르 형사님은 왜 델핀이 범인 이라고 그렇게 확신할까요? 그 이유도 밝히고 싶어요."

"파야르 형사는 뛰어난 실력자야."

"그렇지만 이 사건에서는 한쪽 면만 보잖아요. 왜 그럴까요?"

멜빌 형사는 고개를 갸웃했다.

"우리가 생각할 문제는 아닌 거 같다. 너한테 해 줄 말이 있어. 아나이스가 펠릭스한테서 협박을 받았지만, 그래도 걔가 너한테 뭐라도 말을 한다면⋯⋯."

내가 곧장 대꾸했다.

"어떻게든 아나이스가 말하게 할게요. 어떻게 할지는 지금 당장 생각 할게요!"

★

집에는 손님이 와 있었다. 샤를이었다. 식탁에 에밀리 언니와 함께 앉아 있었다. 샤를은 나를 보고 환하게 웃으며 양 뺨에 키스했다. 언니는 기분이 좀 나아 보였다. 나는 언니의 허리를 감싸고 괜찮은지 물었다. 언니는 웃으며 말했다. 엄마와 아빠가 학교에 찾아가서 얘기를 잘했고, 교장 선생님은 언니한테 며칠 학교를 쉬어도 좋다고 말했단다. 그리고 아빠는 언니한테 파리에 와서 자고 가라고 했단다.

"아빠는 새 책 때문에 회의가 있다고 학교에서 곧장 파리로 갔어. 그래도 1시간 뒤에 샤틀레역에서 만나기로 했어."

"잘됐다! 며칠 뒤에 학교에 가면 못된 애들도 언니를 더 이상 못 괴롭힐 거야."

샤를이 말했다. "긍정적인 생각이야! 집단 괴롭힘은 어느 학교에나 있어. 전에 너희 엄마한테도 말했지만, 사람들이 그렇게 잔인해질 수 있다는 사실을 받아들이는 게 제일 힘들어."

"엄마는 어디 있어요?"

"저녁거리를 사러 갔어. 내가 볼로냐 스파게티를 만들 거야."

언니가 말했다. "저는 아빠를 만나기로 해서 못 먹겠네요."

"역까지 내가 같이 갈게."

언니가 말했다. "혼자 갈 수 있어."

"그건 알아. 그냥 같이 가면서 얘기할 수도 있으니까⋯⋯."

언니가 톡 쏘아붙였다. "무슨 얘기? 애들한테 괴롭힘을 당하고 혼자 해결 못한 거?"

"그런 게 아니라……"

샤를이 내 어깨에 손을 얹고 속삭였.

"언니가 하고 싶은 대로 두렴."

언니가 샤를한테 말했다. "고맙습니다." 언니는 가방을 들고 샤를의 양 뺨에 입을 맞췄다. 그리고 나를 살짝 안았다.

"샤틀레에서 아빠를 만나면 곧장 문자 메시지 보내겠다고 엄마한테 전해."

언니는 나갔다.

샤를이 말했다. "언니한테 참 잘하는구나."

"언니가 걱정돼요. 항상 화가 나 있어요. 언니를 제일 사랑하던 사람들이 모두 등을 돌렸다고 생각하나 봐요."

"사춘기에 접어들면 누구나 그렇게 생각해."

"아저씨 딸도 그래요?"

샤를은 그 질문을 내 태블릿에서 보자마자 몸이 굳었다. 그러더니 얼른 말했다.

"어떻게 알았니?"

그 말을 하는 샤를의 눈에서 생각이 보였다.

'이런 맙소사. 내가 무슨 말을 하는 거야???'

나는 '방금 다 털어놓으셨어요!' 하고 말하고 싶었지만, 아무 말도 하지 않고 조용히 생각했다. '멜빌 형사님한테서 배운 기습 질

문이 정말 효과가 좋은걸!'

잠시 후 엄마가 집에 왔다. 쇼핑백들을 들고 미소를 짓고 있었다. 나는 달려가서 엄마를 꽉 껴안았다. 아나이스 집에서 이런저런 일들을 보고 들은 뒤, 나는 우리 엄마와 아빠한테 정말 감사하다고 생각했다. 비록 두 분이 함께 살지는 않지만, 두 분은 언니와 나를 포기한 적이 없고, 우리 자매를 위해서 계속 친하게 지내고 있다. 두 분은 우리를 가장 중요하게 여긴다. 그리고 언니도 모든 일에 화를 내고 있을 때조차 엄마와 아빠한테 고마워하고 있는 것을 나는 잘 알고 있다.

엄마가 샤를에게 쇼핑백들을 넘기며 말했다. "들어오는 길에 에밀리를 만났어. 학교를 며칠 쉬고 아빠랑 지내게 돼서 좋아하는 것 같아."

나는 엄마의 생각을 읽었다.

'며칠 뒤에 다시 학교에 나갔다가 또 우울해지면 어쩌지. 요즘은 에밀리 걱정이 끝없네.'

엄마가 샤를과 나한테 물었다. "재밌는 얘기를 나누고 있었어?"

내가 말했다. "응!"

그러나 샤를은 얼굴이 굳었다.

엄마가 샤를의 표정을 살피며 물었다. "자기, 괜찮아?"

샤를이 이를 환히 드러내며 웃었다. "그럼. 아주 좋아!"

샤를은 자기 자랑이라는 볼로냐 스파게티를 만들기 시작했다.

샤를은 자기 자랑이라는 볼로냐 스파게티를 만들기 시작했다.

나는 방으로 가서 멜빌 형사한테 문자 메시지를 보내 델핀의 책을 산 서적상의 이름을 물어보았다. 곧장 답이 왔다. 나는 파리 6구에 있는 서점의 주소를 확인하고 다시 문자 메시지를 보냈다.

내일 학교 수업이 끝난 뒤에 그 서점에 같이 갈까요?

물론이지. 그렇지만 아나이스한테서 얘기를 더 듣는 게 우선이야. 내일 오후 3시까지 경찰서로 올 수 있니? 경찰서에서 만나서 파리행 기차를 타자.

내가 '알겠습니다' 하고 문자를 보낼 때 엄마가 방문을 노크했다. 엄마는 내가 대답할 때까지 문을 열지 않고 기다리고 있었다. 펠릭스와 아만딘이 아나이스의 방을 그냥 마구 들어가던 게 생각났다. 아나이스의 생활은 존중받을 가치도 없다는 듯이 행동하는 것은 무례하고 옳지 않다. 우리 엄마와 아빠는 언니와 나를 항상 존중한다.

엄마에게 문을 열어 주고 나는 태블릿을 덮었다. 델핀이 책을 판 서적상을 조사하고 있던 것을 엄마한테 보이기 싫었다.

엄마가 물었다. "경찰 일이니?"

"응, 새 사건을 수사 중이야."

"어두워지기 전에는 꼭 집에 와야 해. 알았지?"

"그러려고 노력할게. 그렇지만 늦게까지 밖에 있을 때에는 꼭 형사님이랑 같이 있어."

"그건 좀 안심이네. 그건 그렇고 물어볼 게 있어. 아까 샤를이랑 무슨 일 있었니? 약간 정신이 없는 것 같아."

나는 그냥 고개만 갸웃했다. 엄마의 질문에는 답할 수 없었다. 샤를의 비밀은 당분간 엄마한테 말하지 않는 게 좋겠다는 조지안느 선생님의 조언을 따르기로 했다.

내가 말했다. "엄마가 샤를 아저씨랑 있으면 행복해 보여. 그래서 나도 좋아."

엄마의 휴대폰이 울리기 시작했다. 엄마가 휴대폰을 내려다보았다.

"받아야 하는 전화네. 사업상 새로 계좌를 만드는 은행 고객이야. 지금 시간이 났나 봐. 20분 뒤에 저녁 먹자."

엄마가 휙 나갔다. 전화가 온 게 다행이었다. 엄마한테 사실대로 말하지 못하는 상황이 정말 불편했기 때문이다. 내가 이미 알게 된 샤를의 비밀을 어떻게 해야 할지 정말 모르겠다.

엄마는 옆방에서 통화에 열중하고 있었다. 나는 일어서서 주방으로 갔다. 샤를이 물이 끓고 있는 커다란 냄비에 스파게티를 넣었다. 그 옆에 있는 냄비에는 소스가 가득 담겨 있었다. 맛있는 냄새가 났다.

내가 물었다. "도와드릴까요?"

샤를이 나를 보았다. 아주 근심 어린 표정이었다. 샤를은 나직이 말했다.

"엄마한테 말할 거니?"

"뭘요?"

"나에 대해서 알아낸 거."

"저는 그냥 질문한 것뿐인걸요. 아저씨가 대답하셨고요. 엄마한테 얘기하지는 않을 거예요. 그렇지만 아저씨한테 또 물어볼 게 있어요. 엄마도 진실을 알아야 하지 않을까요?"

샤를은 대답 대신 몸을 돌리고 파르미지아노 레지아노 치즈를 강판에 갈기 시작했다.

이튿날, 첫 수업이 시작되기 전에 아나이스 무리 중 한 명이 내 책상 앞으로 왔다. 그 아이의 이름은 콜레트였다. 머리는 빨간색이고, 얼굴에 주근깨가 있으며, 눈빛은 아주 차가웠다.

콜레트가 나한테 말했다.

"이봐, 괴짜, 오늘은 어떤 이야기로 우리를 지루하게 만들 생각이야? 너무 이상해서 똑똑한 척하는 거야?"

그때 누군가가 콜레트의 어깨에 손을 얹었다. 그리고 목소리가 들렸다. "그만해."

아나이스였다!

콜레트는 눈이 휘둥그레져서 아나이스를 보았다.

"어제 우리한테……."

아나이스가 손바닥을 들었다. 말을 멈추라는 신호였다. 아나이스가 말했다.

"오로르는 이제 그만 괴롭혀."

콜레트가 말했다. "오로르도 이제 우리 편이야?"

내가 말했다. "고맙지만 사양할게."

아나이스가 말했다. "우리 편일 필요도 없어. 그냥 혼자서도 멋진 애야."

나는 아나이스한테 미소를 보냈다. 아나이스는 콜레트한테 자리를 비키라고 손짓했다. 카마일라르 선생님이 복도를 지나 교실로 오고 있었고, 아나이스는 재빨리 말했다. "너랑 얘기하면 안 돼."

"그 사람들이 그렇게 시켰어?"

아나이스가 고개를 끄덕였다.

"얘기하면 안 된다고 했지, 편지를 쓰는 것도 안 된다는 말은 없었지?"

아나이스는 아주 곤란한 표정을 지었다. 그렇다고 대답하고 싶은 얼굴이었지만, 뭐라도 말했다가는 자기한테 피해가 올까 봐 겁내고 있었다. 나는 이모한테서 받은 원초적 색의 색연필 한 자루와 공책을 꺼냈다. 내 태블릿과 연결된 이메일 주소와 휴대폰 전화번호를 재빨리 적은 뒤, 그 페이지를 뜯어서 아나이스한테 건넸다. 아나이스는 연필을 쥐고 자기 전화번호를 내 공책에 적었다.

아나이스가 속삭였다. "내가 연락할게."

"그래, 밤이나 낮이나, 언제라도 좋아."

그날은 아나이스를 볼 수 없었다. 나를 피하려고 애쓰는 것 같았다. 그래도 내가 억지로 재촉하는 건 오히려 좋지 않을 것 같았다. 가만히 기다리면 아나이스가 먼저 연락할 것 같았다.

오로르도 이제 우리 편이야?

아빠가 그런 얘기를 들려준 적 있다. '상대를 내 쪽으로 끌어당기려 애쓸수록 상대는 나한테서 멀어진다.' 아마 멜빌 형사도 이렇게 조용히 기다리는 게 더 좋다고 말하지 않을까.

그래서 나는 아나이스를 찾아다니지 않았다. 오후 3시가 다 됐을 때 나는 아나이스를 찾아보지 않고 그냥 학교를 나섰다. 경찰서로 가는 길에 태블릿에서 삐 소리가 울렸다. 문자 메시지였다.

작년에 아만딘 아주머니한테 심각한 돈 문제가 있었어.

내가 답신을 보냈다.

아만딘 씨랑 그 어머니는 사이가 좋았어?

아니, 항상 싸웠어. 아만딘 아주머니는 항상 펠릭스 아저씨한테 돈을 달라고 해. 그런데 작년에는 펠릭스 아저씨도 일이 잘 안 풀려서 돈 문제가 있었어. 그리고 아만딘 아주머니는 파리에 애인이 있는데, 서점을 한다고 했어.

그 마지막 말에 나는 걸음을 멈추지 않을 수 없었다. 답신을 보냈다.

아만딘 씨의 애인을 알아? 이름이 뭐야?

아나이스의 답신이 왔다.

몰라. 그렇지만 파리 6구에 서점이 있대.

아이디어가 떠올랐다.

나한테 아만딘 씨의 사진을 한 장 보내 줄래?

집에 가면 거실에 아주머니 사진들이 있어. 그걸 찍어서 메일로 보낼게.

좋아! 되도록이면 한 시간 안에 보내줘. 보낸 다음에 이 메시지랑 사진은 꼭 지워!

당연히 다 지워야지. 아저씨랑 아주머니가 계속 나를 감시하고 있어!

경찰서 앞에서 멜빌 형사가 기다리고 있었다.
"안녕, 부관! 파리에 갈 준비는 됐어?"
"물론입니다! 그리고 좋은 얘기도 있어요."
"흥미로운 새 정보라도 얻었어?"
나는 고개를 끄덕였다.
"기차에 타서 이야기하자."
평일 오후여서 그런지 파리행 기차에는 사람이 많지 않았다. 우

아주 아름다운 가게 앞에 다다랐다.

리는 사람들로부터 떨어진 곳에서 빈 좌석 두 개를 찾아냈다. 거기 앉아서 나는 태블릿을 꺼내고 아나이스와 나눈 메시지를 열어서 멜빌 형사한테 보였다.

"아주 잘했어. 특히 서적상에 대해서 알아낼 방법을 잘 생각했어."

삐. 새 메시지. 아나이스의 메시지다! 나는 방금 받은 것을 멜빌 형사에게 보였다. 멜빌 형사는 엄지손가락을 세워서 나를 칭찬하며 말했다.

"이제 정말 형사처럼 생각하는구나!"

"멜빌 형사님 같은 훌륭한 선생님한테 배우고 있으니까요!"

우리는 서적상을 만나서 어떻게 할 것인지 계획을 세웠다. 멜빌 형사는 내가 서적상에게 할 말을 연습시켰다.

샤틀레에 도착한 뒤에 지하철 4호선으로 갈아타고 오데옹으로 향했다.

내가 잘 모르는 동네였다. 값비싼 물건을 파는 상점들, 화려한 카페들, 옷을 잘 차려입은 사람들. 우리는 센가를 따라 걸어가며, 아주 멋진 샌드위치 가게를 지나갔다. 진지한 안경을 끼고 진지하게 옷을 차려입은 사람들이 서 있는 갤러리 몇 곳도 지나갔다. 그리고 아주 아름다운 가게 앞에 다다랐다. 간판에는 이렇게 적혀 있었다.

앙리 로네 고서적 전문점
1891년 개업

서점 내부는 온통 짙은 색의 나무로 장식되어 있고, 골동품 같은 벨벳 의자들이 놓여 있었다. 아름다운 책장들에는 천 권이 넘는 책이 꽂혀 있었다.

안내 데스크로 갔다. 두꺼운 회색 재킷을 입고 콧수염을 기른 남자가 앉아 있었다. 그 사람이 멜빌 형사에게 말했다. "안녕하십니까. 따님과 함께 희귀본을 사러 오셨습니까?"

나는 질문을 적은 태블릿을 높이 쳐들었다. 그 사람은 어리둥절한 표정을 지었다.

"찰스 디킨스의 《크리스마스 캐럴》 초판본을 사고 싶어요."

"오, 어린 책 수집가구나. 아니면 아버지가 그 책을 사고 싶어 하시니?"

내가 말했다. "그 책은 제가 사고 싶은 거예요, 로네 씨."

"내 이름을 아네! 더 귀여운걸. 그럼, 우리 꼬마 손님의 이름은 뭐지?"

"오로르요. 《크리스마스 캐럴》 초판본은 있어요?"

"런던에 파는 곳이 하나 있지."

"얼마예요?"

"전화를 몇 통화 해 봐야 하지만, 아마 2만 5000유로쯤 될 거다."

"비싸네요!"

로네가 말했다. "그만큼 값진 책이니까."

멜빌 형사가 물었다. "현찰로 지불하면요?"

로네는 큰돈이 손에 들어오겠다고 기대하는 사람의 미소를 지었다.

"현찰은 언제라도 좋죠."

내가 말했다. "이 여자가 개인 서재에서 훔친 책이 아니라는 건 어떻게 확인하죠?"

그러면서 나는 태블릿에 아만딘의 사진을 띄웠다. 로네는 갑자기 화를 내며 멜빌 형사한테 말했다. "감히 지금 나한테 장물을 취급하는지 묻는……."

멜빌 형사가 로네의 말을 막으며 말했다.

"아주 부정직한 애인의 죄를 덮어 주려고 죄 없는 사람한테 누명을 씌운 죄를 인정하시나요?"

"둘 다 나가!"

멜빌 형사가 신분증을 내밀며 말했다. "그렇게는 안 되죠."

로네의 얼굴은 아주 걱정스러운 표정으로 변했다. 나도 신분증을 내밀고 태블릿에 썼다.

"중요한 질문을 몇 가지 할게요. 어떻게 대답하느냐에 따라서 죄의 무게가 달라진다는 점을 명심하세요."

로네는 책상 모서리를 꽉 잡았다. 로네의 생각을 읽을 수 있었다.

'그 징글징글한 아만딘 때문에 나는 이제 아주 큰 곤경에 빠졌어. 그런 여자를 좋아했다니, 내가 너무 어리석었어.'

로네는 이제 두려워하기 시작했다.

"제…… 제가 수사를 적극적으로 돕겠습니다. 그리고 그 끔찍한 여자는 지금부터 더 이상 제 애인이 아닙니다."

중요한 질문을 몇 가지 할게요.

★

그날 밤, 나는 8시가 가까워질 때까지 집에 가지 못했다. 엄마는 달가워하지 않았다. 그렇지만 5시 30분에 멜빌 형사가 엄마한테 전화해서 아직 파리에서 아주 중요한 심문을 하는 중인데, 끝나면 나랑 같이 저녁을 먹고 아파트까지 데려다주겠다고 말했다.

풍트네로 가는 기차를 타기 전, 나는 처음으로 일식을 먹었다! 싱싱한 채소와 생선이 정말 맛있었다. 후식으로 나온 녹차 아이스크림도 최고였다. 멜빌 형사는 우리가 작고 근사한 레스토랑에서 맛있는 저녁을 먹을 자격이 충분하다고 말했다. 2시간 동안 로네를 심문하고 아주 많은 증거를 확보했으니까!

우리가 얻은 증거는 다음과 같다.

1. 아반닌은 늘 돈 문제에 시달렸다. 사업 실력은 형편없고, 손님들한테 무례하게 굴어서 마사지숍은 인기가 전혀 없었다. 또 아만딘은 자기는 돈을 막 쓰면서 델핀한테는 몹시 인색했다.

2. 아만딘은 델핀 아버지의 서재에서 책을 훔치기 시작했다. 그리고 파리의 서적상들 중에서 책의 출처를 자세히 묻지 않고 조용

히 책을 사 줄 사람을 찾아다녔다. 로네가 말했다. "제가 그 그물에 걸려들었습니다. 제가 멍청했죠. 아만딘과 사귀고, 아만딘이 훔친 책으로 얻은 이익을 같이 나눴습니다."

3. 사건이 있던 날, 델핀은 아만딘이 책을 훔치는 것을 알아채고 아만딘과 트레멩에게 맞섰다. 트레멩은 델핀의 뺨을 때렸다. 델핀이 맞받아쳤고, 트레멩이 넘어지면서 머리를 바닥에 찧었다. 로네가 말했다. "피가 튀었다고 했어요. 델핀은 파리에 있는 친구의 집으로 도망쳤어요. 펠릭스가 다음 날 델핀을 추적했거든요. 요즘은 휴대폰으로 사람을 추적하기가 얼마나 쉬운지 놀랄 정도죠. 펠릭스는 델핀한테 '너 때문에 어머니가 죽었다'고 하면서 델핀을 협박했어요. 자기와 아만딘한테 집과 재산을 넘기면 시체를 치워 주고 죄도 덮어 주겠다고 했죠. 거기다 프랑스를 떠나서 살수 있게 현찰로 3만 유로도 주겠다고, 하지만 재산을 넘기지 않으면 경찰에 살인죄로 신고하겠다고 한 거죠. 델핀은 자신이 사람을 죽였다는 충격에 정신을 못 차리더니, 펠릭스의 제안을 받아들이고 각서에 서명했어요." 그후 펠릭스와 아만딘은 델핀을 로네에게 보냈다. 로네는 델핀한테 프랑스에서 쉽게 빠져나갈 방법이 있다고 설명했다. 런던에 있는 서적상한테서 디킨스 초판본을 사려는 손님이 있는데, 그 서적상은 현찰만 받는다며 로네는 델핀한테 4만 2000유로를 넣은 가방을 줬다. 런던 서적상한테 1만 2000유로를 주고, 나머지 3만 유로는 가지면 된다고 했다. 그리고 로네는 런던에서 방콕으로 가는 비행기표도 끊어 줬다. 멀리 태국 방

콕으로 가서 숨어 지내라고 말하면서. 델핀은 런던으로 가는 기차를 타려고 파리 북역으로 갔다. 그리고 거기서 경찰에 붙잡힌 거다. 펠릭스가 신고해서 경찰이 기다리고 있었다.

4. 펠릭스와 아만딘은 어머니인 트레멩이 죽어서 기뻐했는데, 그 이유는 트레멩이 집과 재산을 모두 자선단체에 기부하는 내용으로 유언장을 바꿀 계획이라는 말을 들었기 때문이다. 트레멩은 자기 자식들이 자기한테 못되게 굴었다고 생각한 것이다. 자기는 모든 사람들한테 못되게 굴었으면서! 어쨌든 트레멩이 죽자, 펠릭스와 아만딘은 델핀한테 더 많은 죄를 뒤집어씌우고 재산을 다 차지하기로 마음먹었다. 델핀이 아주 오랫동안 교도소에 갇혀 있다가 나오면, 델핀한테는 아무것도 남아 있지 않을 것이다.

멜빌 형사는 로네의 증언을 전부 아이폰에 녹음했다. 그리고 음성 파일을 주베 경위한테 보냈다. 멜빌 형사는 6구 경찰서에 전화해서 로네의 서점으로 경찰관 두 명을 보내라고 했다. 경찰관들은 로네를 체포해서 데려갔다. 로네는 경찰관들한테 끌려가다가 나를 돌아보며 말했다.

"말도 못 하는 이상한 어린애가 나보다 똑똑할 줄은 꿈에도 몰랐어."

멜빌 형사가 말했다. "방금 우리 동료 형사를 모욕한 걸 보니, 댁은 정말로 똑똑하지 못한 사람이군요. 하긴, 돈 욕심 때문에 범죄를 저지른 당신 같은 사람이 똑똑한 사람일 리는 없겠죠."

로네가 고개를 숙였다. 경찰관들은 로네의 손목에 수갑을 채우고 데려갔다.

그날 저녁, 식사를 하면서 멜빌 형사가 말했다.

"오로르, 우리는 정말 대단한 팀이야! 로네의 말이 맞아. 너는 정말로 그 사람보다 훨씬 똑똑해. 아만딘의 사진을 보여 주자는 아이디어가 딱 좋았어."

"기습 질문 전략은 형사님께 배웠어요."

"네가 하나를 가르치면 열을 깨우치잖아."

"형사라면 그래야죠!"

"아직 문제가 있어. 로네의 진술로 펠릭스와 아만딘이 델핀을 함정에 빠트린 건 증명됐어. 그렇지만 델핀의 계모가 델핀한테 맞고 쓰러지면서 머리를 바닥에 찧고 죽었다면, 델핀한테는 아직 살인 혐의가 있어. 그게 문제지. 실력 좋은 변호사와 동정심 많은 판사를 만나면 판결이 가벼워질 수도 있겠지만, 어쨌든 살인죄로 감옥에 가야 할 거야."

"그럼, 지금부터는 델핀의 새엄마를 찾아야 하네요."

"이미 사방을 다 뒤졌어. 경찰견들을 동원해서 그 집을 샅샅이 훑고, 근처의 공원이나 정원, 공터도 다 수색했어. 시체를 묻었을 만한 곳은 다 찾아본 거야. 자동차에 싣고 멀리 가져가서 버렸을 수도 있지. 그래서 펠릭스와 아만딘의 자동차들도 다 확인했는데 유전자나 피는 안 나왔어. 그게 아직 큰 문제야. 그래서 델핀이 피해를 볼지도 몰라. 우발적인 사고로 일어난 살인이라고 해도 살인

오로르, 우리는 정말 대단한 팀이야!

은 살인이고, 델핀한테 맞고 넘어지면서 머리를 부딪쳐 죽었다는 증거만 남아 있으니까."

나는 잠시 눈을 감고 상상했다. 집에 돌아가서 코코아를 만드는 상상. 하루 동안 아주 많은 일이 있었다. 그래도 오늘의 일을 잘 해치웠다는 생각이 들 때…… 삐! 이메일이 왔다. 아나이스였다.

'방금 집 밖에서 이 사진을 찍었어. 펠릭스 아저씨한테 들키기 직전에 간신히 찍었어. 아니, 들켰는지도 몰라. 얼른 너한테 보내고 삭제할게. 멜빌 형사님께 이 사진을 보여 줘. 이 집에 있는 게 점점 더 무서워.'

나는 사진을 열었다. 뺨을 맞은 기분이었다. 멜빌 형사가 내 표정을 걱정스럽게 보았다.

"오로르, 뱀파이어라도 봤어? 그런 표정이네."

"차라리 뱀파이어면 좋겠어요." 나는 화면 가득 사진 하나가 떠 있는 태블릿을 들었다. 이제는 멜빌 형사의 얼굴이 하얗게 질렸다. 아나이스 집 앞 나무 아래에서 두 사람이 서로 꽉 껴안고 입을 맞추고 있는 사진이었다.

그 두 사람은…… 펠릭스와 파야르 형사였다!

펠릭스와 파야르 형사였다!

★

멜빌 형사는 내가 아나이스한테서 받은 사진을 전송받아서 곧
장 주베 경위한테 보냈다. 파리를 벗어나 집으로 가는 사이, 멜빌
형사는 주베 경위의 전화를 받고 통화했다. 통화가 끝난 뒤 멜빌
형사가 나한테 말했다.

"네가 경찰 업무를 누구한테도 말하지 않고 비밀을 잘 지키는
것은 경위님도 잘 알고, 또 말해서 미안하지만, 오늘 보여 준 사진
에 대해서는 정말로 비밀을 지켜야 한대. 그 사진은 이제 심각한
경찰 내부 문제가 됐어. 이건 우리끼리 얘기인데, 파야르 형사는
내일 아침에 큰 곤경에 빠질 거야."

"이 사진은 물론이고 우리가 맡은 사건에 대해서도 한마디도 말하지 않을게요. 그런데 한 가지 궁금해요. 파야르 형사님이 펠릭스 씨와 연인이어서 계속 델핀의 유죄를 주장했다고 생각하세요?"

"아직은 파야르 형사의 말을 들어보지 않았으니 뭐라고 대답할 수 없어. 경위님이 파야르 형사와 이야기하는 데에 나도 참석하라고 하시네. 동료 형사를 심문해야 하다니, 마음이 착잡해. 그렇지만 펠릭스 때문에 파야르 형사의 판단력이 흐려진 건 아마도 사실이겠지. 파야르 형사는 파면될 수도 있어. 재판을 받을지도 모르고."

"너무 안됐어요. 그렇지만 진실을 숨기고 죄 없는 사람한테 죄를 뒤집어씌운 건 더 안 좋은 일이에요."

"그래, 맞아. 그렇지만 우리는 형사야. 어느 방면에서 봐도 다 사실인 진실을 밝히기 전까지는 사건을 완전히 결론지어서는 안 돼. 그래도 이번 일은 파야르 형사가 잘못한 게 틀림없어."

"파야르 형사님은 결혼하셨어요?"

"이혼했어. 딸이 둘 있어. 열한 살, 열네 살."

"우리 집이랑 같네요."

엄마가 죄를 지어서 감옥에 가게 되면 언니와 나는 어떻게 될까? 엄마의 잘못은 나쁜 남자를 사랑한 데에서 시작됐다면?

멜빌 형사는 우리 아파트 앞까지 나를 데려다주었다. 밤 8시가 넘었고, 나는 엄마한테 문자 메시지를 보냈다.

엄마, 이제 집 앞이야. 멜빌 형사님이 나를 여기까지 데려다주셨는데 집에 잠깐 같이 들어가도 괜찮을까?

엄마의 답신이 왔다.

형사님께 이 엄마도 정말 뵙고 싶고 차를 대접하고 싶지만, 지금은 좀 안 좋은 일이 있어서 다음에 꼭 뵙겠다고 말씀드릴래?

나는 멜빌 형사한테 사실대로 말했다.

"엄마한테 안 좋은 일이 있나 봐요."

"그럼 어서 올라가서 어머니를 도울 일이 있는지 보렴. 어머니와 인사하는 건 다음으로 미루자. 그리고 혹시 오늘 밤에라도 아나이스한테 무슨 연락이 있으면 곧장 나한테 연락해. 난 11시부터 잠을 자고 그때에는 휴대폰을 꺼 놔. 그래도 문자 메시지를 보내면 내가 내일 아침에 눈 뜨자마자 확인할게."

멜빌 형사의 표정이 어두웠다.

내가 물었다. "파야르 형사님 때문에 울적하세요?"

"그래. 의견이 잘 맞지는 않았지만, 그래도 5년 동안 같이 일한 동료야. 그런데 이제⋯⋯. 오로르, 이것도 생각해 볼 문제야. 우리 누구도 다른 사람을 진정으로 다 알 수는 없어. 누구나 각자 비밀을 간직하고 있어. 남달리 어두운 비밀을 간직하고 있는 사람들도 있지."

내가 무슨 얘기든 들어줄 수 있어, 엄마.

집에 들어가자 엄마는 식탁에 있었다. 앞에 와인이 놓여 있었다. 아주 슬퍼 보였다. 화장도 번졌다. 엄마가 울었다!

나는 엄마를 껴안으며 물었다. "무슨 일이야?"

엄마가 눈을 훔치며 말했다. "어른들 일이야."

내가 말했다. "내가 무슨 얘기든 들어줄 수 있어."

엄마가 와인을 홀짝였다.

"샤를한테 아내랑 딸이 있대. 툴롱 지방에 산대. 여기서 남쪽으로 멀리 떨어진 곳이야. 결혼 생활은 아주 짧았대. 같이 산 시간은 말이야. 딸이 태어난 직후에 아내가 다른 남자를 만나서 그 남자랑 떠났다는 거야. 그 딸이 지금 열다섯 살인데 걔 엄마가 딸과 샤를을 못 만나게 한대. 샤를은 딸을 만나려고 애쓰고 또 애썼는데……."

"샤를 아저씨가 나쁜 일을 했대? 딸을 못 보게 할 만큼?"

"샤를이 말하기로는, 애 엄마가 만난 남자가 뭐든 자기 마음대로 하려는 사람이래. 애 엄마한테 항상 이래라저래라하고 하나하나 다 간섭한대. 샤를은 이혼하려고 했는데, 그 여자가 거부한대. 샤를이 생활비를 다 대고……. 그 여자가 같이 사는 남자는 수입이 변변찮은가 봐. 어쨌든 샤를은 아직 결혼한 상태인 거지."

내가 물었다. "엄마는 샤를 아저씨를 믿어?"

"믿고 싶어. 그렇지만……."

나는 엄마의 생각을 읽었다.

'샤를은 이런 일을 왜 애초에 다 말하지 않았을까? 왜 거짓말했

을까? 샤를이 솔직하지 않았다는 사실…… 그것만으로도 나머지 이야기를 다 믿을 수 없게 됐어.'

"엄마가 샤를 아저씨를 많이 좋아한 거 아는데……."

엄마는 울음을 참으려고 애썼다. 그래도 울음이 새어 나왔다.

"아주 좋은 사람인 줄 알았는데. 나랑 잘 맞는 남자를 찾은 줄 알았는데……."

내가 물었다. "샤를 아저씨는 왜 뒤늦게 그 비밀을 말했을까?"

"더 이상은 숨기고 살 수 없었대. 진실이 드러나는 게 시간문제 인 건 자기도 알고 있었다면서……. 여태껏 나를 속여서 정말 미 안하다고, 내 마음을 돌릴 수 있다면 뭐든 하겠다는 말도 했어."

"샤를 아저씨를 다시 만날 거야?"

엄마는 와인만 내려다보았다.

"생각할 시간이 필요하다고 말했어. 그렇지만 사실, 샤를이 처 음부터 거짓말을 했으니, 거짓말은 또 있을 거야. 세상에는 작은 비밀들도 있고 큰 비밀들도 있거든. 샤를은 처음부터 큰 비밀을 숨겼어. 그런 비밀은 나한테 일찍 털어놨어야 해. 그런데 샤를은 나한테 숨기고, 자기 상황에 대해서 거짓말했어. 그러면, 나한테 말하지 않은 비밀이 더 있겠지. 앞으로도 나한테 숨기는 게 생길 테고. 나는 더는 슬픈 일을 겪으면 견디지 못할 거 같아. 요즘 슬 픈 일이 너무 많았어."

휴대폰이 울렸다. 이모였다. 이모가 전화해서 다행이었다. 이모 는 어른들의 문제에 아주 현명하다. 엄마가 이모한테서 좋은 조언을 들을 수 있겠지. 나는 엄마를 다시 꼭 껴안고 엄마의 이마에 뽀뽀했다. 엄마가 식탁에서 이모와 통화하고 있으니 나는 코코아를 만들 수 없었다. 내 방으로 가서 잠옷으로 갈아입었다. 힘들고 복잡한 일이 많은 하루였다. 침대에 누워서 금세 잠들었다.

태블릿에서 삐 소리가 났다. 시간을 확인했다. 01:32. 한밤중이다! 이렇게 늦은 시간에 누가 나한테 연락한 적은 없었다!

잠을 깨운 것은 아나이스의 메시지였다.

펠릭스 아저씨랑 그 여자 형사가 같이 있는 사진을 찍은 거 들켰어! 지금까지 너한테 메시지를 보낸 것도 다 말해야 했어! 나를 끌고 와서 '감옥'이라고 부르는 곳에 가뒀어! 다락이야! 여기는 사람들 눈에도 띄지 않아! 무서워. 빛도 없고 창문도 없어. 끌려 나올 때 휴대폰을 양말에 숨겨서 겨우 챙겼어. 그런데 배터리가 얼마 안 남았어. 한 시간쯤 지나면 휴대폰도 꺼질 거야. 그러면 나는 세상에서 완전히 사라져! 여기서 죽게 될 거야! 오로르, 나를 찾아 줘!

★

조지안느 선생님이 말했다. "위기에 처했을 때에는 '하나'부터 '열'까지 세. 정말 무섭고 힘든 일과 마주쳤을 때에는 숨을 깊게 들이쉬고 천천히 열까지 세는 거야. 겁먹거나 놀랐을 때에는 잘못된 결정을 내리거나, 멀리해야 할 것을 찾게 되거든."

나는 크게 겁먹은 적이 없다. 언니는 내가 겁이 없는 게 자폐 때문이라고 말했다. 어쩌면 그 말이 맞는지도 모른다. 그런 내가 지금은 겁나고 무서웠다. 아나이스를 당장 감옥에서 빼낼 방법을 찾아야 한다.

그러나 우선, 나는 침대에서 윗몸을 일으켜 앉았다. 숨을 들이쉬고 내쉬었다. 여러 번 깊게 숨을 쉬었다. '하나'부터 '열'까지 셌다. 두려움을 가라앉히려 애썼다. 나는 아나이스의 메시지를 멜빌 형사한테 보냈다. 최대한 빨리 대화하고 싶다고 말했다. 멜빌 형사는 지금 자고 있을 테고, 몇 시간 뒤에야 이 메시지를 보겠지. 이제 나는 뭘 해야 할까.

'오브! 오브의 조언을 들어야 해. 오브는 아주 영리하고 늘 현실적이니까. 아나이스를 구할 수 있는 제일 좋은 방법을 찾을 수 있게 도와줄 거야.'

나는 옷을 갈아입었다. 아주 위험한 경찰 업무를 수행하면서 잠옷을 입고 있을 수는 없지! 태블릿 화면에 별을 띄웠다.

하나, 둘, 셋…… 참깨!

오브의 침실이었다. 오브의 엄마와 아빠가 노란색으로 칠하고 오브가 직접 그린 해 뜨는 풍경으로 장식했다. 내가 내 이름 때문에 별들을 좋아하는 것처럼 오브는 자기 이름 때문에 해 뜨는 걸 좋아한다. 오브는 한밤중에 깨서 좀 어리둥절했다. 나는 아나이스가 처한 위험에 대해 설명하고, 이제 우리가 아주 힘든 모험을 떠나야 한다고 말했다.

오브가 말했다. "아나이스한테 휴대폰이 있어서 다행이야. 그 못된 사람들한테 휴대폰을 뺏기지는 않았네. 그렇지만 배터리가 닳아 가니까 서둘러야 해! 위험한 일이 될 수도 있어. 아나이스가 다락에 갇혀 있으면…… 그 집으로 들어가서 아나이스를 찾아내야 해. 꽤 어려운 일이 될걸."

내가 말했다. "우리는 뭐든 잘 해결하잖아! 문제는 **참깨 세상**에 올 때에는 태블릿이 없어지는 거야. 그러니까 우선 내 방으로 돌

오빈느 한밤중에 깨어나서 좀 어리둥절했다.

아가야 해. 그리고 태블릿으로 아나이스한테 연락해야 해."

오브가 말했다. "일단 옷을 갈아입을게. 잠옷을 입고 범죄 사건을 해결할 수는 없지!"

오브는 욕실에서 옷을 갈아입고 나왔다.

오브가 말했다. "**힘든 세상**에 가면, 어두운 곳에서도 돌아다닐 수 있게 손전등을 준비해야 해."

"어서 가자! 시간이 없어!"

우리는 같이 눈을 감고 말했다.

"하나, 둘, 셋, 골칫거리 세상으로!"

내 방으로 왔다. 곧장 태블릿을 확인했다. 멜빌 형사한테서 온 메시지는 없었다. 아나이스의 메시지는 있었다.

어디야????

내가 문자 메시지를 보냈다.

내 친구 오브랑 가는 길이야. 집 안으로 어떻게 들어가? 문이 다 잠겨 있지 않아?

뒷문에 고양이 출입구가 있어. 그 고양이 출입구로 팔을 넣으면 오른쪽에 열쇠가 있어. 펠릭스 아저씨는 와인을 많이 마시고 열쇠를 깜빡하고 올 때가 많거든. 아니, 거의 매일 그러지. 그래서 거기 비상 열쇠를 뒤. 그런데 네 팔이 닿을지 모르겠다.

펠릭스 씨가 오늘도 술을 마셨어?

응. 나를 다락으로 끌고 올 때도 아만딘 아주머니가 계속 화냈어. 오늘도 술을 마셨느냐고.

오브가 말했다.
"다락으로 올라가는 계단이 집 안 어디에 있는지 그림으로 그려서 보낼 수 있는지 물어봐. 그리고 휴대폰에 위치 추적 기능이 있는지도 물어봐."
나는 그렇게 메시지를 보냈다. 아나이스가 답을 보냈다.

내 방이 있는 복도였어. 아마 비밀 문이 있는 것 같은데, 나는 못 봤어. 내 눈에 눈가리개를 씌웠거든. 그래도 내 방이 있는 그 층의 복도인 건 틀림없어. 한참 복도를 끌려가다가 아주 좁은 계단으로 올라왔어.

휴대폰 위치 추적 기능은 켤 수 있어?

아니. 구식 플립 폰이야! 그냥 통화랑 문자만 할 수 있어.

오브가 말했다.

"그렇게 부자라면서 아나이스에게는 구식 폰을 주다니, 그 사람들 정말 구두쇠네."

내가 말했다.

"구두쇠뿐이야? 아주 나쁜 사람들이야!"

나는 문자 메시지를 보냈다.

곧 갈게!

나는 오브에게 주방으로 가자고 말했다. 싱크대 아래에 엄마가 둔 연장 상자에서 손전등을 꺼냈다. 엄마가 장 보러 갈 때 메모하는 메모지와 연필을 찾아서 쪽지를 남겼다.

경찰 업무로 나가야 해요! 제 걱정은 마세요! 연장 상자에서 몇 가지 가져가요. 다시 넣어 놓을게요. 세상에서 제일 멋진 엄마에게.

오브가 속삭였다.

"그 '사악한 집'은 여기서 얼마나 멀어?"

"자전거로 10분."

"나는 또 네 자전거 핸들에 앉는 수밖에 없네."

자전거를 아파트 1층까지 가져갔다. 라이트를 켰다. 오브는 핸

연장 상자에서 손전등을 꺼냈다.

1분 1초가 소중해!

들에 앉았다. 그리고 휙 내달렸다!

출발하기 직전에 내가 말했다. "오브, 정말 빨리 달릴게. 이제는 1분 1초가 소중하니까."

그 집을 사악한 집이라고 표현한 오브의 말이 딱 어울려서 나도 사악한 집이라고 부르기로 했다. 사악한 집까지 전속력으로 내달리는 바람에 오브는 떨어지지 않으려고 자전거를 꽉 붙잡아야 했다.

단 몇 분 만에 사악한 집 앞에 도착했다. 내가 자전거 라이트를 끌 때 오브가 말했다. "여름에 '투르 드 프랑스' 자전거 대회에 참가해도 되겠다."

문은 다 잠겨 있었다. 안으로 들어가려면 초인종을 누르고 안에서 문을 열어 주기를 기다려야 한다. 나는 담을 넘어갈까 생각했다. 그러나 오브는 담 위로 쳐진 철조망을 가리켰다.

오브가 속삭였다. "담은 못 넘어. 여기는 정말 감옥 같아!"

정문 바로 옆에 커다란 가로수가 있었다. 나는 정문이 오른쪽으로 열리던 것을 떠올렸다. 나무는 정문 왼쪽에 있었다.

"내가 초인종을 계속해서 누르면 문을 열 수밖에 없겠지. 나무 뒤에 숨어 있다가 문이 열리면 휙 뛰어 들어가자."

오브가 말했다. "너무 어렵겠어. 문을 여는 사람이 최대한 활짝 열고 밖으로 나와야 우리가 몰래 들어갈 수 있는데, 문 여는 사람이 그렇게 밖에 나와 본다는 보장은 없잖아."

다시 생각해야 했다. 길에 쓰레기통이 있었다. 들여다보니 비어 있었다. 가로등 불빛으로 보기에는 그리 심하게 더럽지는 않았다.

나는 자전거를 가로등 기둥에 잘 묶어 놨는지 확인하고 오브에게 말했다. "나무 뒤에 숨어." 그리고 정문 벨을 눌렀다. 아무 답도 없었다. 한밤중이니까 이상한 일도 아니었다. 10초를 기다렸다. 하나부터 열까지 센 것이다! 그리고 또 벨을 눌렀다. 이번에는 아주 한참 동안 꾹 누르고 있었다. 마침내 목소리가 들렸다. 펠릭스였다. 아직 잠에서 덜 깬 목소리였다.

인터폰 스피커에서 딱딱거리는 목소리가 들렸다. "누구야! 꺼져!"

나는 또 벨을 눌렀다. 이번엔 쭉 누르고 있었다.

"내 말 못 들었어! 안 꺼지면 경찰 불러!"

나는 생각했다. '아, 제발, 제발 경찰을 불러요!'

나는 벨에서 손을 떼지 않았다.

펠릭스가 소리쳤다. "계속 이러면 후회할 텐데!"

나는 계속 벨에서 손을 떼지 않았다.

안쪽에서 건물 현관문이 열리는 소리가 난 뒤에야 손을 뗐다. 펠릭스가 비틀거리며 정원으로 나왔다! 나는 나무 뒤로 달려갔다.

내가 오브 옆에 가서 몸을 숨기자 오브가 속삭였다. "잘했어!" 우리는 나무 뒤에서 꼼짝하지 않았다.

펠릭스가 소리쳤다. "어디 있어!" 펠릭스는 한 손에 커다란 철제 부지깽이를 들고 있었다. 벽난로에서 통나무를 태울 때 쓰는 부지깽이였다. 다른 한 손에는 반쯤 남은 와인 병을 들고 있었다.

펠릭스가 소리쳤다. "당장 나와!" 혀가 꼬부라진 소리였다.

오브가 속삭였다. "저 사람 취했어!"

펠릭스는 비틀거리며 다가오더니 드디어 문을 열고 밖으로 나왔다. 펠릭스가 거리를 둘러보며 우리 반대쪽을 볼 때 나는 최대한 멀리 쓰레기통을 밀었다. 쓰레기통은 자동차가 다니는 도로까지 굴러갔다.

"누구야!" 펠릭스는 아주 크게 소리치면서 고개를 휙 돌리다가 길바닥에 넘어졌다. 어찌나 소리를 크게 질렀는지, 맞은편 집에서 누가 창문을 열고 머리를 내밀며 펠릭스한테 시끄럽다고 소리쳤다.

펠릭스가 이제는 맞은편 집 사람한테 소리쳤다.

"이 쓰레기통을 던진 게 네놈이구나!"

맞은편 집 사람이 소리쳤다. "이 멍청한 놈! 취했으면 잠이나 자!"

이런 일이 벌어지는 사이에 오브와 나는 재빨리 안으로 들어갔다. 건물 현관문도 열려 있어서 나는 얼른 안으로 들어가서 계단을 올라가고 싶었다. 그러나 그때 또 다른 목소리가 들렸다.

"멍청한 짓 그만하고 얼른 들어와!"

아만딘이다! 실크 가운을 입은 아만딘의 얼굴에는 초록색 크림이 두껍게 덮여 있었다. 유령처럼 무서웠다!

펠릭스가 소리쳤다. "네가 뭔데? 엄마 같은 잔소리 그만해!"

"네가 어린애 같은 짓을 안 하면 나도 잔소리할 일 없어!"

남매가 이렇게 서로 소리치는 사이에 오브와 나는 집 옆쪽을 돌아서 뒷마당으로 갈 수 있었다. 무성한 나무들 때문에 아주 깜깜했다. 암흑 속을 달리는 기분이었다. 집에서 흘러나오는 흐릿한 불빛을 따라 뒷문으로 갔다. 뒷문에 도착하자 현관문이 쾅 닫히

는 소리가 들렸다. 뒷문에 달린 고양이 출입구가 보였다.

오브가 속삭였다. "저 사람들이 자기 방에 확실히 돌아갈 때까지 잠깐 기다리자."

우리는 5분 동안 기다렸다. 5분이 무지무지 길게 느껴졌다. 밤 공기가 추워서 우리는 꼭 붙어 있었다. 나는 한 손으로 주베 경위와 멜빌 형사한테 문자 메시지를 썼다. 아나이스가 집에서 큰 위험에 빠졌고, 내가 아나이스를 구하려고 왔으며, 이 문자 메시지를 보는 대로 최대한 빨리 델핀의 집으로 와서 도와 달라고 써서 보냈다.

이제 뒷문에 바짝 붙어서 엎드린 채 고양이 출입구에 손을 넣었다. 더듬거리면서 열쇠를 찾아봤지만 아무것도 잡히지 않았다.

오브가 팔을 더 깊게 넣으라고 말했다. 문에 어깨가 딱 붙을 만큼 팔을 깊게 넣고 안쪽을 더듬거렸다. 갑자기 내 입에서 소리 없는 비명이 새어 나왔다. 뭔가가 내 손을 물었다. 나는 얼른 손을 뺐다. 문 너머에서 고양이가 야옹거렸다. 아팠다. 엄지에 작은 잇자국이 두 개 생겼다. 피는 나지 않았다. 고양이는 이제 문을 긁어서 소리를 내며, 집에 있는 다른 고양이들한테 누가 우리 출입구를 넘본다고 알리고 있었다. 그제야 나는 깨달았다. 고양이들은 자기들 출입구에 다른 누군가가 드나드는 걸 싫어한다! 어쩌면 내 손을 생쥐로 오해했을지도 모른다!

이제 사람 목소리가 들렸다.

"무슨 일이야!"

아만딘이다!

오브가 나한테 문 옆으로 몸을 숨기라고 손짓했다.

5분이 무지무지
길게 느껴졌다

밤공기가 추워서 우리는 꼭 붙어 있었다.

아만딘이 고양이들한테 소리쳤다. "조용히 해!"

오브가 속삭였다. "저 여자는 사람들한테만 못되게 구는 게 아니네. 고양이들도 구박해!"

문이 열렸다. 아만딘은 나와서 깜깜한 뒷마당을 내다보았다. 아만딘이 밖으로 몇 걸음 나오자마자 우리는 후다닥 안으로 들어갔다. 고양이들이 또 울기 시작했다. 그러나 우리는 이미 주방을 지나서 복도에 있는 화장실에 숨어 재빨리 문을 닫았다. 깜깜해. 무서워. 그래도 불을 켜면 아만딘한테 들킬지 몰라. 나는 오브의 손을 꼭 잡고 바깥 소리에 귀를 기울였다. 아만딘이 뒷마당에서 다시 주방 안으로 들어와서 고양이들을 야단쳤다. "전부 다 닥쳐!" 그러고는 문을 쾅 닫고 위층으로 올라갔다.

다시 무지무지 길게 느껴지는 몇 분을 암흑 속에서 기다린 뒤 화장실에서 나왔다. 다행히 고양이들은 뿔뿔이 흩어졌다. 우리는 복도를 살금살금 걸어서 커다란 대리석 계단을 발끝으로 걸어 올라가기 시작했다. 손전등을 켰다. 오브는 오래된 가구들과 엄하고 우울한 표정을 짓고 있는 옛날 사람의 초상화들을 보더니 속삭였다. "이 집은 과거라는 유령에 씌었어!"

고개를 끄덕이며 물었다. "다락으로 가는 계단을 어떻게 찾지?"

"아나이스한테 물어봐. 복도를 얼마나 끌려가다가 계단으로 올라갔는지."

나는 문자 메시지를 보냈다.

아만딘은 고양이들도 구박했다.

몇 분을 암흑 속에서 기다렸다.

이 집은 과거라는 유령에 씌었어!

집 안에 들어왔어! 그 비밀 계단이 어디쯤 있는지 힌트가 될 게 없을까?

아나이스의 문자가 왔다.

복도를 한참 끌려왔어. 아저씨랑 아주머니가 나를 잠깐 벽에 세우고 문을 열더니 방 같은 데로 들어왔어. 그다음에 뭐가 열리는 소리가 났어. 그리고 계단을 올라왔어. 그게 전부야. 눈가리개 때문에 아무것도 못 봤어. 이제 휴대폰 배터리가 몇 분 안 남았어! 제발, 어서!

이때껏 무슨 일에도 걱정한 일이 없던 나였지만, 이제 무지무지 걱정됐다. 오브한테 아나이스의 문자를 보여 줬다. 우리는 복도를 쭉 훑어보았다. 복도 끝에 있는 문은 하나였다. 그러나 그 문이 아만딘이나 펠릭스의 방으로 통한다면? 문을 열고 들어갔는데 그 두 사람 중 한 명이 침대에 누워 있다면?

오브가 말했다.

"다른 방법이 없어. 아나이스를 구하려면 어쩔 수 없어. 그러니까 저 방으로 뛰어들어야 해. 그다음에 무슨 일이 벌어질지는 그때 생각하자!"

오브의 말이 옳았다. 우리가 지금 그냥 나가서 멜빌 형사가 잠에서 깰 때까지 기다렸다가 도움을 청한다? 그때까지 아나이스가 무사하리라는 보장은 없다! 무슨 일이 생길지 모른다. 게다가 아나이스의 휴대폰 배터리는 곧 바닥난다. 그러면 아나이스와 연락할 방법도 없다. 오브의 말이 옳았다. 아나이스를 찾으려면 지금 할 수 있는 건 다 해 봐야 했다.

나는 오브를 보며 고개를 끄덕였다.

우리는 복도를 살금살금 걸어갔다. 문을 여러 개 지나갔다. 금방이라도 문이 열리고 펠릭스나 아만딘이 튀어나올 것 같았다. 조마조마했다. 그래도 들키지 않고 복도 끝까지 왔다. 끝에는 문이 하나 있었다. 나는 숨을 깊이 들이쉬었다. 문손잡이에 손을 얹었다. 오브를 보았다. 오브는 나를 보며 고개를 끄덕였다. 문손잡이를 돌렸다. 문이 열렸다. 그리고 그 너머에는······.

★

아주 작은 방이었다. 어둡고 텅 빈 방. 물건이 하나도 없는 창고나 벽장 같았다. 딱 하나, 기다란 막대기가 있었다. 내 키의 세 배가 넘는, 아주 긴 막대기가 구석에 놓여 있었다. 막대기 끝에는 금속으로 된 갈고리가 달려 있었다. 방은 깜깜했다. 하지만 나한테는 손전등이 있고, 태블릿도 있었다.

나는 오브한테 말했다.

"저 기다란 막대기에 무슨 용도가 있을 거야."

오브가 말했다. "비밀 계단이라고 했지? 아나이스는 뭘 끌어내리거나 여는 것 같은 소리가 들렸다고 했어. 저 막대기 끝에 달린 갈고리로 천장에 있는 뭘 끌어당기는 거야!"

나는 손전등을 올려서 천장을 살폈다. 아무것도 안 보였다. 오브는 자기 어깨에 올라타서 더 가까이 보라고 했다. 오브는 먼저 막대기를 집어서 손에 쥐었다. 벽에 등을 대고 무릎을 굽혀 몸을 낮추고, 나한테 자기 어깨에 발을 딛고 일어서라고 했다. 내가 태블릿을 바닥에 내려놓고 오브의 어깨에 올라타자, 오브는 천천히 일어섰다. 자칫하면 둘 다 엎어질지도 모른다. 균형을 잘 잡아야 한다. 그나마 벽에 기대서 균형을 좀 잡을 수 있었다. 오브가 완전히 일어서자, 나는 천장이랑 1미터도 채 떨어지지 않은 높이까지 올라왔다. 손전등 불빛을 비추며 다시 천장을 살폈다. 한참 살피다가 오른쪽 구석에서 작은 금속 고리를 발견했다.

오브와 눈을 맞춘 뒤 고리를 가리켰다.

"잘했어!" 오브가 나직이 말하며 나한테 막대기를 건넸다. 나는 손전등을 오브한테 건넸다. 내가 막대기 끝에 달린 갈고리를 천장의 작은 고리에 걸려고 애쓰는 동안, 오브는 그곳에 손전등 불빛을 비췄다. 나는 계속 몸을 앞으로 기울이며, 고리에 갈고리를 걸려고 애썼다. 그러나 천장에 붙은 고리가 너무 작았다. 갈고리를 걸기가 아주아주 힘들었다!

오브가 속삭였다. "아무한테도 들키지 않으려고 저렇게 작은 고리를 달아 놓은 게 틀림없어. 저기에 갇힌 사람을 누가 찾아내겠어? 정말 사악한 사람들이야!"

나는 더 앞으로 몸을 내밀었다. 그러다가 균형을 잃고 앞으로 넘어지기 시작했다! 아, 안 돼!! 그런데 오브의 어깨에서 미끄러지면서 갈고리가 고리에 걸렸다! 나는 계속 막대기를 잡고 있었고, 천장이 열리면서 금속 사다리가 아래로 내려왔다. 아나이스가 위

찾았어!

천장이 열리면서 금속
사다리가 아래로 내려왔다.

에서 소리쳤다.

"여기야! 여기!"

금속 사다리가 바닥으로 떨어질 때 오브와 나는 다행히 사다리에 부딪치지 않았다. 그러나 사다리가 바닥을 치면서 요란한 소리가 온 집에 울려 퍼졌다. 곧 밖에서 목소리들이 들렸다. 아만딘이 소리쳤다.

"이 술주정뱅이야, 일어나! 누가 집에 들어왔어!"

펠릭스의 목소리가 이어졌다.

"뭐라고?"

복도를 달려오는 발소리가 들렸다. 오브가 나한테 소리쳤다. "문을 잠가!"

우리는 문을 쾅 닫았다. 잠금장치를 채웠다. 아만딘은 문을 쾅쾅 두드리다가 미친 듯이 문손잡이를 돌렸다. 이제는 어깨로 문을 부수려고 온몸의 체중을 실어 문에 쿵쿵 몸을 던지기 시작했다. 오브와 나는 사다리를 올라갔다. 내가 앞장서고 오브가 뒤따랐다. 나는 손전등을 들고 있었다. 위는 아주 깜깜했다. 작은 짐승들이 다다닥 바닥을 달려가는 소리가 들렸다. 바닥에 손전등 불빛을 비췄다. 오브가 나직이 비명을 질렀다.

"쥐야!"

다섯 마리쯤 되는 쥐들은 사람이 나타나자 놀라서 먼지투성이인 바닥을 이리저리 돌아다녔다. 그때 뭐가 허공에서 휙 날아가며 우리를 스치고 지나갔다. 한 번만이 아니었다. 또 비슷한 검은 형

쥐들이 먼지투성이인 바닥을 이리저리 돌아다녔다.

체가 우리를 스쳐 지나갔다. 오브가 소리쳤다.

"박쥐야!"

멀리서 목소리가 들렸다.

"여기야! 여기!"

아나이스다!

바닥은 심하게 삐걱거렸다. 걸음을 내디딜 때마다 바닥이 부서져서 아래로 떨어지는 게 아닐까 조마조마했다. 그러다가 생각했다. '펠릭스나 아만딘도 걸어다닐 정도면, 오브와 나처럼 작은 사람 둘이 걸어다니는 건 충분히 감당하겠지. 그래도 박쥐들은 날아다니지 않았으면 좋겠어.'

아래에서는 아만딘과 펠릭스가 문을 부수려고 쿵쿵 몸을 던지는 소리가 계속 들렸다.

아나이스가 소리쳤다.

"여기야! 어서!"

몸을 돌리자, 철창살이 보였다. 어른 한 명이 누울 수 있는 크기 정도의 감방이었다. 안에는 지저분한 매트리스 하나뿐, 아무것도 없었다. 아나이스는 철창살을 잡고 흔들고 있었다. 나는 아나이스한테 손전등을 비췄다. 며칠이나 잠을 못 잔 것처럼 지친 표정이었고, 당장 목욕을 해야 할 것처럼 지저분했다. 아래에서 문을 치는 소리는 점점 더 크게 들렸다.

아나이스가 외쳤다.

"얼른! 얼른! 이러다가 붙잡히겠어!"

박쥐야!

얼른! 얼른! 이러다가 붙잡히겠어!

감방 안에는 할머니가 있었다.

그러나 감방 문에 아주 커다란 자물쇠가 채워져 있었다. 나도 당겨 보고 오브도 당겨 봤다.

내가 태블릿에 썼다. "자물쇠를 못 열겠어."

"옆에 있는 감방으로 가 봐. 그쪽 벽에 열쇠 꾸러미가 걸려 있을 거야."

세 발짝 옆에 또 감방이 있었다. 그 감방 안에는 할머니가 있었다. 머리에 먼지가 덮여 있고, 눈은 퀭했다. 며칠, 아니 몇 주 동안 아무것도 못 먹은 듯 깡말랐다. 할머니는 병들어서 움직이지 못하는 고양이처럼 매트리스 위에 쪼그려 누워 있었다. 나는 할머니를 보고 비명을 질렀다. 물론 입에서는 아무 소리도 나지 않는 비명이었다. 할머니는 나를 발견하고, 손가락 하나를 입술에 대서 말하지 말라고 신호했다. 나는 할머니를 보자마자 누구인지 알아챘다. 델핀을 학대한 계모이자, 아나이스의 고모할머니인 트레멩이었다. 트레멩은 죽은 게 아니었다. 감방에 갇혀 있었다!

감방에서 멀찍이 떨어진 곳에 열쇠 꾸러미가 걸려 있었다. 감방 안에 있는 사람이 철창살 사이로 아무리 팔을 뻗어도 열쇠에 손이 닿지 못할 거리였다. 나는 열쇠 꾸러미를 집었다. 오브가 내 옆에 서서 트레멩을 살펴보며, 형편없는 몰골에 놀라고 있었다. 아나이스가 소리쳤다.

"고모할머니는 내보내지 마! 괴물이야!"

아래층에서 쾅 소리가 아주 크게 울렸다. 마침내 문이 열린 것 같았다. 사다리로 오는 발소리가 들렸다! 시간이 없었다. 나는 트레멩이 갇힌 감방의 자물쇠를 열었다. 그리고 아나이스가 갇힌 감방으로 가서 자물쇠를 풀고 아나이스를 꺼냈다. 바로 그때 다락문 위로 아만딘이 고개를 내밀었다.

"이제 너희는 다 끝났어! 빠져나갈 꿈도 꾸지 마!"

아나이스가 비명을 지르기 시작했다. 우리는 옆 감방으로 달려갔다. 트레멩은 이제 철창 밖으로 나와 있었다. 몇 주 동안 갇혀 있어서 잠옷은 지저분하고 얼굴은 먼지로 시꺼멨다. 트레멩이 또 손가락을 입술에 댔다. 그리고 내가 아까 바닥에 던져 놓은 자물쇠를 나한테 건넸다. 트레멩이 아나이스와 나를 자기 뒤에 숨겼다. 내 눈에만 보이고 다른 사람의 눈에 보이지 않는 오브는 아나이스와 내 뒤에 숨었다. 아만딘과 펠릭스가 이제 다락에 올라서서 우리 쪽으로 달려왔다.

트레멩이 갑자기 미친 올빼미처럼 울부짖기 시작했다. 긴 손톱을 짐승의 발톱처럼 휘둘렀다. 아만딘은 겁먹었다가 트레멩의 손톱에 얼굴이 긁히자 다시 화를 내며 트레멩을 잡았다. 그러나 트레멩은 그 손아귀에서 빠져나와서 아만딘을 힘껏 밀쳤다. 아만딘은 감방 안에 쓰러졌다. 아까 아주 쇠약해 보였던 트레멩은 어느새 분노에 휩싸여 엄청난 힘을 발휘했다. 트레멩은 자기 딸을 덮치고 얼굴을 더 할퀴기 시작했다. 펠릭스가 감방 안으로 들어가서 두 사람을 말렸다. 그때 트레멩이 나한테 소리쳤다.

"지금이야!"

오브와 나는 뭘 해야 하는지 잘 알았다. 감방으로 달려가서 문

트레멩이 갑자기 미친 올빼미처럼 울부짖기 시작했다.

한발 늦었다!

모두 가뒀다!

고마워, 고마워.

을 닫고 자물쇠를 채웠다. 펠릭스가 철창살 앞으로 달려왔지만 한발 늦었다! 모두 가뒀다! 체포했다!

아나이스가 주저앉아서 울기 시작했다. 나는 아나이스를 부축해서 일으키고 사다리를 내려와서 아나이스의 방까지 데려갔다. 위에서는 아만딘이 가만두지 않겠다고 소리치고, 트레멩은 큰소리로 킥킥대며 말했다.

"이제 우리 모두 감옥에 가는 거야!"

아나이스는 침대에 쓰러져서 베개를 끌어안고 더 크게 울었다. 울면서도 나한테 계속 말했다.

"고마워, 고마워."

나는 아나이스가 외롭지 않게 계속 한 팔로 아나이스를 감싸고 있었다. 이윽고 경찰 사이렌 소리가 들렸다. 그리고 정문에서 누르는 벨 소리가 울렸다.

나는 아나이스한테 말했다. "이제 아무 걱정 없어!"

나는 1층으로 뛰어 내려갔다. 오브도 뒤따랐다. 현관문에 도착하기 전에 오브가 나를 꼭 껴안고 말했다.

"나는 **참깨 세상**으로 돌아갈게. 엄청난 모험을 했으니까 이제 잠을 자야 해."

"그래, **힘든 세상**은 가끔 정말 힘들어."

"가끔이라고? 아니, 항상 힘들어! 그렇지만 정말 힘들 때에는 내가 언제라도 너를 도우러 올게."

내가 말했다. "넌 정말 좋은 친구야! 이 상황이 다 정리되면 **참깨 세**

나는 **참깨 세상으로** 돌아갈게.
엄청난 모험을 했으니까 이제 잠을 자야 해.

상으로 갈게. 재밌게 놀자.”

이제 초인종 소리가 계속 울렸다. 저 멀리서 주베 경위가 크게 소리쳤다.

“경찰입니다! 당장 문 여세요!”

나는 오브를 마지막으로 한 번 더 껴안은 뒤에 문으로 갔다. 현관에 도착하자 오브는 사라지고 없었다. 나는 정문을 여는 버튼을 눌렀다. 정원을 가로질러 달려오는 발소리들이 들렸다. 현관문을 열었다. 주베 경위와 멜빌 형사였다. 뒤에는 정복을 입은 경찰관 두 명도 있었다. 모두가 권총을 들고 있었다!

주베 경위가 소리쳤다. “오로르!”

내가 말했다. “사악한 집에 오신 것을 환영합니다.”

멜빌 형사가 말했다. “사악한 사람들은 어디 있니? 다 달아났니?”

나는 멜빌 형사를 보며 빙긋 웃은 뒤에 태블릿에 적었다.

“제가 다 체포해서 가둬 놨어요!”

★

    몇 시간 뒤 경찰서에서 멜빌 형사가 나한테 코코아를 만들어 주었다. 아주 맛있었다. 엄마는 아침에 깨어나 내가 쓴 메모를 발견하자마자 나한테 문자 메시지를 보냈다. 그렇게 한밤중에 사라지면 안 된다고, 집에서 함부로 나가면 안 된다는 엄마의 규칙을 존중하라고, 경찰에도 따끔하게 말하겠다고 했다.

    나는 엄마의 메시지를 멜빌 형사한테 보여 주었다. 멜빌 형사는 우리 엄마한테 전화해서 내가 '아주 중요한 경찰 업무'를 마쳤고 몇 시간 뒤면 나를 집에 데려다주겠다고 엄마를 안심시켰다. 그리고 경찰 수사 때문에 밤늦게 집을 몰래 빠져나오는 일은 다시 없게 하겠다고 약속해서 간신히 엄마를 안심시켰다. 하지만 내가 밤

사건을 해결하고 마시는 코코아는 아주 맛있다.

에 몰래 나올 수밖에 없던 이유는 경찰 업무이기 때문에 밝힐 수 없다고 했다.

"네가 무슨 일을 겪었는지, 얼마나 위험했는지 너희 어머니가 아시면 너를 다시는 경찰서에서 못 볼걸."

"저는 부관이에요. 네, 지난밤에는 조금 무섭긴 했어요. 그렇지만 제가 사악한 집에 가지 않았으면 아나이스는 영영 못 찾았을지도 몰라요. 델핀도 풀려나지 못했겠죠. 델핀의 계모가 살아 있는 것도 밝혀지지 않았을 테니까요."

"정말 용감했어, 오로르. 하지만 일이 잘못될 수도 있었어. 자칫하면 아직 그 다락에 갇혀 있을 수도 있었잖아."

"네. 그래도 제가 형사님께 메시지를 남겼잖아요. 아나이스가 다락에 갇혀 있는 걸 아셨으니 혹시 제가 나쁜 사람들한테 잡혀서 갇히더라도 형사님께서 찾아내실 거라고 생각했어요."

"너는 모든 걸 계산하고 있구나."

코코아를 마시고 있을 때 주베 경위가 델핀과 함께 들어왔다. 델핀은 고개를 숙인 채 말이 없었다. 지쳐 보였다. 며칠 동안 유치장에 갇혀 있어서 눈이 밝은 불빛에 적응되지 않은 것 같았다.

델핀이 나한테 말했다. "사건을 해결하고 나를 풀려나게 해 줬다고 들었어. 고마워."

내가 말했다. "멜빌 형사님도 처음부터 무죄라고 믿었어."

"그 못된 트레멩이 아직 살아 있는 걸 알아낸 사람은 너잖아. 네가 아니었으면 나는 교도소에 몇 년이나 갇혀 지낼 뻔했어. 어떤

네가 아니었으면
나는 교도소에 몇 년이나 갇혀 지낼 뻔했어.

형사는 내가 범인이라고 계속 주장했는데, 너는 나의 무죄를 믿었어."

멜빌 형사가 말했다. "그 일 때문에 우리도 아주 놀랐어. 이제 그 일은 경찰 내사과에서 수사할 테니 자세히 말할 수는 없지만, 이것만은 말할게. 너한테 누명을 씌운 사람은 죗값을 받을 거야. 그리고 아버지의 집과 재산은 원래 네 것이니까 변호사를 고용해서 네 걸 되찾아. 트레멩과 자식들은 앞으로 몇 년은 징역형을 살아야 할 거야."

델핀은 무서워서 그 집으로 못 가겠다고 말했다. 멜빌 형사는 당분간 같이 지낼 친척이 있는지 물었다. 델핀은 눈물을 글썽이며 고개를 가로저었다.

"저는 혼자예요. 엄마는 제가 어릴 때 아빠와 저를 버리고 멀리 떠났어요. 아빠도 생전에 친하게 지낸 친척이 없었어요. 저는 완전히 외톨이예요."

멜빌 형사가 델핀한테 말했다. "우리 집에 남는 방이 있어. 마음이 안정될 때까지 거기서 지내면 어떨까?"

델핀이 말했다. "그러면 정말 감사하죠. 그렇지만…… 가족분들이 싫어하지 않으실까요?"

"우리 부부는 벌써 얘기 끝냈어. 네가 처음 체포됐을 때부터 아내한테 사건 얘기를 들려줬어. 아내도 네가 무죄라고 믿었어. 오늘은 그 계모가 살아 있는 채로 발견됐다는 얘기를 듣고, 네가 혼자 있기 힘들면, 말썽꾸러기 네 살짜리 딸이 있는 우리 집도 괜찮다면, 같이 지내자고 말해 보라고 했어."

"저는 정말 좋죠. 고맙습니다."

주베 경위는 델핀이 겪은 일을 생각해서 상담 전문가한테 상담을 받게 주선하겠다고 말했다. 주베 경위도 '우리 중 하나'가 증거를 조작해서 델핀을 유죄로 몰아간 일에 화를 냈다.

"그 인간은 죗값을 받을 거야."

아나이스는 사악한 집에서 곧장 병원으로 이송돼서 진찰을 받았다. 주베 경위의 말에 따르면 아나이스의 부모님이 두바이에서 날아오는 중이고 내일이면 아나이스 옆에 있을 거란다.

"아나이스의 아버지는 자기 고모와 사촌들이 딸한테 한 짓을 상상도 못하겠대. 그런 사람들한테 딸을 맡긴 것을 몹시 자책하고 있어. 아나이스가 그 상처를 극복하려면 아주 오래 걸릴 거고, 아나이스의 아버지도 그걸 잘 알고 있으니까."

내가 물었다. "병원으로 아나이스 병문안을 가도 돼요?"

"나는 오늘 오후에 갈 거야. 의사가 괜찮다고 하면 아나이스한테 몇 가지 물어봐야 하거든. 일단 지금은 오로르 너한테 좀 물어볼 게 있어. 그렇게 심한 일을 겪고, 괜찮니? 정말 무서운 모험이었잖아."

"아나이스가 그 다락에 영원히 갇히게 될지도 모른다는 걱정 때문에 무섭기는 했어요. 사람들이 남의 돈을 탐낼 때 말도 안 되게 나쁜 짓을 할 수 있다는 사실 때문에도 무서웠어요. 질투와 탐욕이 얼마나 위험한가. 그게 이번 모험에서 배운 점이에요. 질투와 탐욕은 가장 가까워야 할 가족 사이도 다 망가뜨릴 수 있어요."

"너무 심한 모습들도 보고, 큰 위험에 처하기도 했는데, 힘들지 않아?"

"푹 자고 나면 세상이 훨씬 더 좋아 보일 것 같아요."

점심 때쯤 주베 경위와 멜빌 형사가 집까지 자동차로 데려다주었다. 불안하거나 무서우면 꼭 전화하라고 말했다. 나중에라도 불안한 기분이 들면 전문가한테 상담받게 해 주겠다는 말도 했다.

내가 말했다. "저는 제 자신에 대해서는 불안하거나 겁먹지 않아요. 내가 좋아하는 사람들이 위험에 처하거나 다른 사람 때문에 상처받을 때에만 불안하거나 겁먹어요."

이번에는 멜빌 형사가 집 안까지 들어와서 처음으로 엄마를 만났다. 엄마는 나를 꼭 껴안고 내가 자랑스럽다고 말했다. 아빠도 우리 집에 있었다. 아빠는 주베 경위의 전화를 받자마자 파리에서 고속교외철도에 올라탔다고 했다. 아빠는 조금 지쳤고 머릿속도 복잡해 보였다. 그래도 나를 보자 아주 기뻐했다.

"내 똑똑한 형사 딸! 엄청나게 자랑스럽구나. 네가 어떤 놀라운 일을 해냈는지, 경위님이 왜 너를 '아주 뛰어나고 무지무지 용감하다'고 했는지 구체적인 이야기는 못 들었지만 말이야."

"아빠, 미안해. 그렇지만 경찰 업무는 비밀이야."

엄마가 말했다. "위험하지 않았니? 나는 그게 걱정이지."

멜빌 형사가 말했다. "부모님께서 더는 오로르가 경찰 일을 못하게 결정하신다고 해도 당연한 일이고, 저희는 부모님의 뜻을 따르겠습니다. 그렇지만 이 말씀은 꼭 드리고 싶습니다. 오로르를 못 만나게 되면 저희는 아주 슬플 겁니다. 오로르는 아주 특별합니다."

엄마가 뭐라 말하려 했지만, 아빠가 엄마한테 눈짓했다. '지금은 아무 말도 하지 말자'는 눈짓이었다.

그렇지만 나는 하고 싶은 말이 있었다.

"오늘 학교에 안 가도 선생님이 화내지 않으실까?"

엄마가 말했다. "벌써 담임 선생님께 전화해서 밤에 좋지 않은 일이 있어서 학교는 하루 빠진다고 말씀드렸어."

좋지 않은 일? 자칫하면 그렇게 될 수도 있었지. 그렇지만 다 잘됐어! 그러니까 사실은 밤에 좋은 일이 있었지!

나는 일어섰다. 주베 경위, 멜빌 형사와 악수한 뒤에 말했다.

"다음 사건도 같이 잘 해결해요!"

"같이 일하게 돼서 영광이야, 부관!"

"저도 영광이에요, 형사님!"

그리고 나는 엄마 아빠한테 말했다.

"이제 자러 가도 돼?"

아빠, 미안해. 그렇지만 경찰 업무는 비밀이야.

★

나는 오후 내내 잤다. 잠에서 깨자, 오후 6시가 다 되어 갔다. 몸이 한결 가벼웠다. 자고 나면 **힘든 세상**이 덜 힘들어진다. 자고 나면 얼굴에 더 환한 미소가 지어진다.

옷을 입었다. 바게트랑 블루치즈를 먹으면 좋겠다고 생각하며 주방으로 갔다. 그러나 방을 나오다가 금방 발걸음을 멈췄다. 뜻밖의 목소리가 들렸다. 아빠 목소리. 아빠와 엄마가 얘기를 나누고 있었다.

엄마가 근심 어린 목소리로 물었다. "언제 그랬어?"

"이틀 전에."

"짐 챙겨서 나갔어?"

"아니, 아직. 오로르가 중대한 사건을 해결하느라 밤을 샜다는 경찰 전화를 받았을 때, 클로에는 자기가 에밀리를 종일 돌보겠다고 했어. 이따가 '막스 랭데 파노라마'에 가려고."

엄마가 말했다. "막스 랭데 파노라마! 파리에서 스크린이 제일 큰 극장. 우리 두 번째 데이트 때 당신이 거기 데려갔지?"

"자크 드미 감독의 〈쉘브르의 우산〉 복원판을 봤지. 커다란 스크린으로 보니까 대단했어."

"맞아. 그때 이런 생각을 했어. 두 번째 데이트로 이런 곳을 고르다니 정말 재미있네. 정말 재미있는 남자야."

"뭐, 클로에는 위고가 더 재미있는 남자라고 생각하나 봐."

"당신이 아이를 갖는 걸 주저했잖아. 클로에도 그걸 눈치챘겠지. 그런데 위고는 열 살 더 젊으니까……."

"정확히는 열세 살 더 젊어."

"위고한테는 딸이 둘 있지도 않고."

"나는 두 딸이 전부인 아빠고."

"클로에도 그걸 잘 알았지. 있지, 그래서 클로에는 불안했던 거야. 두 딸이 있는 연상의 남자. 그런 남자의 사랑은 분산될 수밖에 없으니까."

"클로에가 이렇게 떠날 줄 몰랐어. ……그렇지만 솔직히 말하면, 이렇게 떠날 줄 알았다는 게 맞겠지. 늘 그렇게 예상했어."

"연애를 하다 보면 늘 놀랄 일이 생기지."

"당신도 그렇잖아. 샤를을 다시 받아들일 생각이야?"

"안 그럴 거 같아. '이 사람은 진실을 숨기는 사람이다.' 그게 제일 먼저 떠올라."

"안타깝네."

"당신도."

나는 주방에 들어가지 못하고 문손잡이에 손을 얹은 채 엄마와 아빠의 대화를 계속 듣고 있었다. 클로에가 아빠를 떠났구나. 엄마는 샤를을 다시 만나지 않을 생각이구나. 어쩌면 엄마와 아빠가 다시 합칠지도 몰라! 아빠가 우리 집으로 들어올지도 몰라! 아니면 우리가 파리로 갈지도 몰라! 그러면 언니는 화를 내지 않고, 엄마와 아빠는 다시 행복해지겠지?

연애를 하다 보면 늘 놀랄 일이 생기지.

바게트와 블루치즈는 조금 뒤에 먹어야지. 엄마 아빠의 중요한 대화를 방해하면 안 되니까. 그래서 나는 방으로 돌아왔다. 아빠가 따로 살기 전에 온 가족이 찍은 사진들을 보았다. 전에 엄마가 내 태블릿에 넣어 준 사진들이다. 온 가족이 함께 있는 모습은 정말 행복해 보였다. 엄마와 아빠가 함께 살 수 없다고 내린 결정은 정말 모두에게 슬픈 일이었다.

'이제 엄마 아빠가 다시 시작할 수도 있다고, 다시 진짜 가족이 될 수도 있다고 깨달을지도 몰라!'

침대에 누워서 천장을 보았다.

'엄마도 아빠도 서로 다시 같이 살고 싶다는 생각을 하고 있어! 나는 벌써 엄마 아빠의 눈을 봐서 알고 있었어!'

30분쯤 뒤에 노크 소리가 났다.

"오로르, 일어나서 뭘 좀 먹어야지."

엄마다!

방에서 나오자 엄마는 주방에 있었다. 페스토 스파게티를 만들고 있었다. 엄마 머릿속이 이런저런 생각으로 복잡한 걸 알 수 있었다.

엄마가 물었다. "잘 잤니?"

"아주 푹 잤어! 아빠는 어디 있어?"

"집에 갔어. 오늘 에밀리랑 영화 보러 간대."

"엄마랑 아빠, 같이 있을 때 행복해 보여."

"오로르……"

"내가 하고 싶은 말은 그냥······."

"무슨 말을 하고 싶은지, 뭘 바라는지 나도 알아."

"엄마도 그렇게 바라?"

엄마는 잠시 눈을 감았다가 말했다.

"바라는 게 없으면 미래도 없지. 그러면 과거에 일어났던 일들을 슬퍼하는 데에만 매달려 있겠지. 그래. 엄마가 실망스러운 일을 겪은 건 사실이지만, 그래도 희망을 잃지는 않아."

엄마는 화제를 바꿔서 식탁을 차리라고 했다. 나이프와 포크와 냅킨을 놓으면서 멜빌 형사에게 배운 단어가 떠올랐다. '양면적'. 흑과 백으로 딱 나눌 수 있는 일은 세상에 없다. 회색인 일이 정말 많다. 그래서 **힘든 세상**은 힘들지만 재미있다. 정답이 없는 회색에서 살아가니까. 정답은 없고, 더 많은 의문만 있으니까. 엄마 말처럼, 실망스럽거나 나쁜 일을 겪을 때에도 희망을 잃지 않아야 한다.

★

며칠 뒤에 클로에가 아빠의 아파트에서 나갔다. 언니가 주말에 집에 돌아와서 얘기해 줬다. 언니는 학교를 일주일 쉬는 동안 기분이 한결 좋아진 것 같았다.

언니는 교장 선생님한테서 이메일을 받았다. 언니 사진들을 페이스북에 올린 못된 애들을 모두 월요일 아침에 불러서 언니가 맞설 수 있게 하겠다는 내용이었다. 엄마는 그 자리에 같이 가겠다고 했지만, 언니는 혼자서도 맞설 수 있다고 말했다. 엄마는 언니의 말을 받아들이고, 언니한테 아빠가 어떻게 지내는지 물었다.

"슬퍼하고 있니? 외로워하니? 엄마가 전화라도 할까?"

언니가 엄마한테 말했다.

"아빠 성격이 어디 가? 같이 살던 애인이 떠난 건 슬퍼하지만, 이제 아이를 갖자는 사람이 없어져서 좋아하고 있어. 나도 아빠랑 다른 여자 사이에서 아이가 태어날 일이 없어진 건 좋아."

조금 뒤에 언니가 내 방문을 노크하고 얘기를 좀 나누자고 했다. 정말 기뻤다! 언니가 내 방을 찾아온 건 정말 오랜만이었다.

"나를 괴롭히던 아이들 중에 한 명이 방금 나한테 이메일을 보냈어. 아나이스라는 애야. 지난주에 네가 걔를 도와줬다며? 너한테 정말 고마워하고 있다더라. 자기한테 무슨 일이 있었는지, 네가 어떻게 자기를 도와줬는지는 '경찰 일'이라서 말할 수 없대. 그런데 내일 자기도 교장 선생님한테 불려서 나를 만나러 올 거래. 그 모임 전에 나를 따로 만나고 싶대. 그리고 너도 같이 만나면 좋겠대."

내가 물었다.

"정말 나도 같이 가면 좋겠어?"

언니가 요즘 못 보던 모습을 보였다. 나한테 미소를 지은 것이다!

언니가 말했다. "정말로 좋지."

이튿날, 에밀리 언니와 나는 아주 일찍 학교에 갔다. 아나이스는 학교 앞에서 우리를 기다리고 있었다. 아나이스의 엄마와 아빠도 같이 있었다. 아나이스의 엄마와 아빠는 옷을 아주 잘 차려입고, 금시계를 차고 있었다. 이름도 서로 비슷했다. 장과 잔느! 두 사람 모두 내 뺨에 키스하는 것을 잊지 않았다.

아나이스의 엄마가 말했다. "아나이스한테서 들었어. 죽을 위기에 처한 아나이스를 구하려고 위험을 무릅썼다고."

나는 그 얘기를 더 꺼내면 안 된다는 표시로 손가락을 입술에

아나이스의 엄마 아빠도 같이 있었다.

댔다.

언니가 눈이 휘둥그레져서 나한테 속삭였다. "죽을 위기? 그렇게 위험한 일이 있었어?"

내가 말했다. "경찰 업무야!"

"두 사람 다 두바이로 초대해도 될까? 아나이스는 며칠 뒤면 우리랑 같이 두바이로 떠나."

이제 막 친구가 됐는데 떠난다니……

아나이스가 내 귀에 대고 속삭였다.

"나는 가기 싫어. 정말 여기 그냥 있고 싶어. 프랑스에. 그렇지만 그런 일을 겪은 뒤에 엄마 아빠는……."

언니가 아나이스의 엄마 아빠한테 말했다. "그럼요! 두바이 좋죠!"

내가 말했다. "그렇지만 두바이는 아주 멀어. 비행기표도 아주 비쌀 텐데."

아나이스의 아빠가 말했다. "그건 우리가 알아서 할게. 감사의 표시야. 그리고 아나이스랑 같이 두바이에서 마음껏 놀아도 돼."

아나이스의 엄마가 말했다. "쇼핑을 좋아하면, 그것도 다 우리가 책임질게."

언니가 말했다. "고맙습니다."

그렇지만 나는 생각했다. '아나이스의 엄마 아빠가 두바이에서 쇼핑에 돈을 덜 쓰고 아나이스한테 관심을 더 쏟으면 좋겠어.'

그리고 또 생각했다. '언니랑 나한테는 늘 옆에서 힘이 되는 엄마와 아빠가 있어서 정말 행운이야!'

아나이스가 언니한테 잠깐 둘이서 할 말이 있다고 말하고, 노트북으로 뭘 보여 주겠다고 했다. 언니가 고개를 끄덕였다. 언니와 아나이스가 다른 곳으로 가자, 아나이스의 엄마 아빠는 커다란 금시계를 슬쩍 본 뒤, 이제 파리에서 회의가 있어서 가야 한다고 말했다.

아나이스의 엄마가 말했다. "두바이에 와서 같이 놀자! 네가 힘든 기색 없이 세상에 잘 적응하는 모습을 보니까 정말 좋네."

내가 태블릿에 썼다. "저는 힘들지 않아요. 언제나 세상에 별문제 없이 잘 지내요."

"아, 당연히 그렇겠지, 그렇겠지." 아나이스의 엄마는 못마땅한 눈길을 보내는 남편한테 어색하게 웃으면서 말했다. "내가 이게 문제야. 입이 늘 방정이라니까."

커다란 검은색 차가 우리 앞에 섰다. 아나이스의 엄마와 아빠는 그 차를 타고 떠났다.

잠시 후 우리는 교장실에 있었다. 페이스북에 언니를 나쁘게 말하는 글을 올린 남자애 두 명과 여자애 두 명도 있었다. 언니와 아나이스도 있고, 카마일라르 선생님과 나도 있었다. 교장 선생님이 먼저 말했다. 에밀리가 겪은 괴롭힘은 학교에서 절대 일어나서는 안 될 일이며, 또 이런 일이 일어나면 괴롭힘에 가담한 학생들을 모두 학교에서 쫓아낼 거라고 했다.

카마일라르 선생님이 말했다. "앞으로 다시는 이런 일 없겠지?"

저는 힘들지 않아요.
언제나 세상에 별문제 없이 잘 지내요.

언니를 괴롭힌 네 사람과 아나이스가 모두 고개를 끄덕였다.

"그럼, 모두가 약속한 거야. 자, 이제 에밀리가 준비한 게 있다니, 그걸 볼까?"

언니가 일어서서 노트북을 열고 화면을 켰다.

"이 발표 자료를 만드는 데에는 너희 친구, 이제 내 친구인 아나이스가 도와줬어."

언니가 키보드의 버튼을 누르자, 두 남자애들 중 한 명인 프레데릭의 사진이 화면을 채웠다. 코를 후비는 사진이었다. 사진을 본 프레데릭은 하얗게 질렸다. 언니가 또 버튼을 눌렀다. 두 여자애들 중 한 명인 모니크의 사진이 나왔다. 아이스크림을 핥고 있는 모습이었다. 코에 온통 초콜릿을 묻히고 아이스크림을 줄줄 흘리고 있었다. 다음, 다른 남자애 다니엘이 왕자처럼 꾸며서 입었는데, 옷 앞쪽에 음식 흘린 자국이 커다랗게 나 있는 사진. 다음, 다른 여자애 멜라니가 학교 구석진 곳에서 울고 있는 사진.

언니를 괴롭힌 애들 모두가 자기 사진을 보고 표정이 나빠졌다!

언니가 말했다. "자, 내 사진들 중에서 이상한 것들만 골라 페이스북에 올린 게 얼마나 잔인하고 못된 짓인지 이제 알겠지? 자기 모습이 이상하게 나와서 싫은 사진은 누구한테나 있어. 그런 사진을 다른 사람이 페이스북 같은 인터넷 공간에 올리는 건 좋지 않은 행동이야. 앞으로 또 여기 있는 사람들 중에 누가 나한테 좋지 않은 행동을 한다면, 나는 이 사진들을 온라인에 올릴 수도 있어. 그렇지만……."

언니는 애들한테 확실히 모범을 보였다!

언니는 모두가 보는 앞에서 이 썩 좋지 않은 사진들을 전부 삭제했다.

면담이 끝난 뒤에 내가 언니한테 말했다.

"언니 정말 멋있었어! 애들한테 확실히 모범을 보였어."

"친절이 항상 최선이지? 나같이 심술궂은 사춘기 청소년한테도 친절이 최고야."

수업이 곧 시작된다고 알리는 벨이 울렸다. 조지안느 선생님이 내 옆자리에 앉아서 손을 흔들었다. 담임 선생님이 들어오고 수업이 시작됐다. 쉬는 시간에 조지안느 선생님과 나는 운동장에 나가서 신선한 공기를 들이마셨다.

주위에 아무도 없는 곳으로 갔을 때 조지안느 선생님이 내 귀에 대고 나직이 말했다.

"오늘 아침에 너희 어머니가 전화하셨어. 지난주에 경찰서에서 아주 바빴다며?"

"경찰 업무예요!"

"당연히 그렇겠지! 그래서 어떤 끔찍한 사건을 해결했는지 나한테 힌트도 안 줄 거야?"

"이건 말할 수 있어요. 사람이 돈만 쫓으면 아주 나쁜 결과를 불러올 수 있다."

"세상이 다 그래."

"다 그렇지는 않아요. 세상에는 아름다운 것도 아주 많아요."

"맞아! 좋은 일도 많지. 그만큼 나쁜 일이 있을 가능성도 있고.

사람들은 그 중간에 있어."

"또 회색이네요!"

"맞아. 그렇지만 인생을 회색으로 보는 것에 대해서는 아직 알아야 할 게 많아."

우리는 잠시 침묵에 잠겼다. 그러다가 내가 말했다. "선생님이 떠나는 거 싫어요, 정말."

조지안느 선생님이 내 손을 잡았다. "아직 몇 달은 더 남았어."

"그래도……."

"오로르, 인생은 아주 거대한 이야기야. 우리 이야기는 아직 끝나지 않았어."

그렇지만 곧 끝나겠지. 그래서 나는 조금 슬펐다. 물론 나는 선생님의 말이 무슨 뜻인지 잘 알고 있다. 한 사람의 인생이라는 이야기는 그 사람의 삶에 들어오고 나가는 사람들로 이루어진다. 그리고 하루아침에 모든 게 달라질 수도 있다는 사실을 받아들여야 한다. 그리고 자신에게 벌어지는 모든 일이, 모든 모험이, 자기 인생이라는 거대한 이야기의 일부분이라는 사실을 받아들여야 한다. 그래서…….

다음 모험으로!

끝
(그리고 계속⋯⋯.)

세 번째 모험을 기대하며

첫 번째 책에서 '끝(그리고 계속…….)'이라고 다음 모험을 기약한 오로르가 약속대로 두 번째 모험담을 들려주러 왔다.

이제 오로르는 그 신비하고 특별한 능력을 경찰에 인정받아서 주베 경위의 부관으로 확실하게 자리매김하고 본격적으로 수사에 참여하며 사건을 해결한다. 사람들의 눈을 보고 마음을 읽는 능력을 발휘해서 진실의 실마리를 찾고 사건의 전모를 밝히는 추리극의 면은 자세히 이야기하면 이 책을 읽는 재미가 없어질 테니, 혹시 이 옮긴이의 글부터 읽을 독자를 위해서 그 부분은 생략하겠다. 전편의 독자라면 잘 알 테지만 오로르 이야기는 추리극이 전부가 아니다.

자폐를 안고 살아가고 있는 소녀 오로르는 다정하고 현명한 조지안느 선생님에게서 말이 아닌 글로 대화하는 법을 배웠다. 태블릿에 말보다 빨리 글을 쓸 줄 알며 그래서 어떤 사람과도 술술 대화할 수 있는 오로르는 드디어 이 두 번째 책에서 학교에 간다. 하지만 학교생활이란 결코 쉽지 않다. 전편에서 오로르의 친언니 에밀리와 에밀리의 친구 루시가 못된 급우들에게 집단 괴롭힘을 당하고 루시가 그 집단 괴롭힘에 못 이겨 실종된 것으로 알 수 있듯, 어린 학생들은 잔인해질 수도 있다. 말이 아닌 글로 의사소통을 하며 여느 아이들과 다른 오로르가 교실에 처음 들어섰을 때 오로르의 급우들이 오로르를 어떤 시선으로 볼지는 짐작하고 남는다.

오로르에게는 현실 세계가 아닌 또 다른 세계도 있다. '참깨 세상'에서 오로르는 말도 할 수 있고 그곳에 오브라는 친구도 있다. 모두가 행복하고 온통 평화로운 '참깨 세상'에서 오로르와 오브는 미술관으로 간다. 전편에서는 문학에서 유명한 작가들의 이야기를 들었다면, 이번에는 화가들의 이야기를 듣는다. 모네라는 이름의 토끼가 말한다. "사람들은 남다른 사람을 보면 불편하다고 말해. 자기들이 생각하는 '정상'의 개념에 맞지 않는 걸 보는 게 싫은 거야. 그런데 '정상'이라는 건 존재하지 않아. 집단에서 벗어나지 않으려고, 특별해 보이는 걸 억누르려고 '정상'이라는 개념을 스스로한테 강요하는 것뿐이야."

한편, 오로르의 언니 에밀리는 사춘기를 겪으며 학교생활에서 또다시 고비를 맞는다. 이번에는 페이스북으로 괴롭힘을 당한다. SNS상의 집단 괴롭힘은 그것이 많은 사람에게 널리 퍼진다는 점에서, 또 괴롭히는 사람들이 자기 모습을 드러내지 않고도 남을 공격할 수 있다는 점에서, 이전의 집단 괴롭힘과 다르게 더 큰 절망을 피해자에게 준다. 작가인 더글라스 케네디는 이런 면도 이번 책에서 잘 짚으며 약자의 편에서 문제를 해결하는 모습을 보여 준다.

오로르의 두 번째 모험에서는 어른들 세계도 더 많이 보여진다. 오로르의 어머니는 새로운 남자를 만나고 서로 좋아하게 되지만, 그 남자가 여러 좋은 면을 지닌 사람임에도 불구하고 솔직하게 밝히지 않은 사실이 있다는 것을 알게 된다. 작가인 오로르의 아버지는 자기 글에 대한 자신이 없어지며 글이 잘 풀리지 않자 함께 사는 애인 클로에에게도 자신이 없어지고 클로에를 의심한다. 각자 자신의 문제와 맞닥뜨린 오로르의 어머니와 아버지는 어떤 결정을 내릴까?

여기까지 얘기하고 보니, 이 책이 어둡고 무거운 이야기로만 비칠 것 같다. 아니, 사실은 유쾌하고 즐겁고, 사건을 해결하는 모험에서는 흥미진진하며 긴장감 넘치는, 재미있는 이야기다. 이런 이야기 사이사이에 박힌 묵직한 메시지들만 먼저 얘기하다 보니 진지해 보일 뿐이다. 무엇보다 주인공 오로르는 겁이나 두려움을 모르는 아이다. 언제나 용감하고 밝고 긍정적이다. 그래서 오로르가 들려주는 이야기를 읽다 보면 자신도 모르게 미소를 짓게 된다.

형사들이 서로 티격태격하는 경찰서의 풍경도 재미있다. 오로르의 가장 큰 조력자이자 수사의 기본을 알려 주는 선배이기도 한 멜빌 형사의 성격도 사랑스럽다. 늘 책을 옆에 끼고 있어서 '교수님'이라는 별명으로 불리는 멜빌 형사에게서 오로르는 세상 모든 일이 흑과 백으로 분명히 나뉘지는 않는다는 사실을 배운다. 그렇게 새로운 것들을 배워 가는 오로르의 말 중에 내가 모두에게 한 번 더 되새기기를 권하고 싶은 것이 있다.

'모르는 단어를 보게 되면 반드시 사전에서 찾아보고 그 뜻을 알아내야 한다. 사전은 정말 재미있다. 사전을 보면 단어의 뜻과 쓰임새를 다 배울 수 있다.'

이것은 내가 번역을 하려 하는 사람이나 글을 쓰려는 사람, 독서를 즐기려는 사람에게 늘 들려주는 말이기도 하다. 이 책에서 딱 만나니 더없이 반가웠다.

오로르의 모험은 이것으로 끝이 아니다. 마지막 문장에서 나는 세 번째 모험을 기대하고 있고, 독자들도 분명 그러리라고 믿는다.

2021년 1월
조동섭

© Denis Felix

조안 스파르 Joann Sfar

프랑스 최고의 일러스트레이터이자 시사만화가, 라디오 칼럼니스트, 영화 감독, 애니메이션 제
작자이다.
주요 작품으로 더글라스 케네디와 합작한 '오로르 시리즈', 세계적 베스트셀러인 '꼬마 뱀파
이어 시리즈', 생텍쥐페리의 작품을 재해석해 출간한 《어린 왕자》 등이 있다.
저작 《교수의 딸》로 앙굴렘 국제 만화 페스티벌에서 신인상과 르네 고시니상을 수상했고,
감독 데뷔작인 영화 〈세르주 갱스부르, 영웅적인 삶〉은 세자르 영화제에서 최우수 영화상
을 수상했다. 자신의 만화를 3D로 직접 제작한 〈랍비의 고양이〉는 안시 국제 애니메이션
영화제에서 대상, 세자르 영화제에서 최우수 애니메이션상을 수상했다. 23개국에 번역 출
간된 《어린 왕자》는 〈리르〉지 선정 최우수 만화상, 앙굴렘 국제 만화 페스티벌 청소년상
을 수상했다.